Das Paddelboot III

Verwirrungen

Das Paddelboot

Band III

von

Erika Oczipka ©2017

Foto Cover vorn:

Paul de Bruin©, La Palma

Herstellung und Verlag:

BoD - Books on Demand, Norderstedt

ISBN: 9783744815833

Bibliografische Information der Deutschen Nationalbibliothek:

Die Deutsche Nationalbibliothek verzeichnet diese Publikation in der Deutschen Nationalbibliografie; detaillierte bibliografische Daten sind im Internet über

http://dnb.d-nb.de

abrufbar.

2017 Erika Oczipka©

Herstellung und Verlag: Books on Demand GmbH, Norderstedt

ISBN: 9783744815833

I Paul nach der ersten Nacht in Kroatien 9

II Anna am Morgen nach dem Treffen mit Dirk 23

III Paul überwindet sich 28

IV Anna kommt vom Wege ab 36

V Paul und der Fremde 49

VI Dirks Wankelmütigkeit findet ein Ende 55

VII Paul, reisefertig 63

VIII Peter und Paul 71

IX Anna räumt auf 87

X Dirks Rückblick 91

XI Paul befreit sich 96

XII Dirk macht sich auf den Weg 107

XIII Annas Besuch, Annas Besinnung 114

Glücklicher Camper auf Cres

I Paul nach der ersten Nacht in Kroatien

Es ist kein Sonnenstrahl, der Paul an diesem Morgen weckt. Dennoch geht sein Blick zuerst zum Fenster, noch bevor er sich erinnern kann, an welchem Ort das Bett steht, in dem er zweifellos liegt, als wäre er selbst auf die Idee gekommen, sich hier schlafen zu legen, keinesfalls entführt, auch nicht verloren gegangen, einfach da und sogar gut ausgeschlafen.

Dem kleinen ALDI-Funkwecker nach, der ihn immer begleitet, ist es früher Tag, sieben Uhr. Paul reibt sich die Augen. An der Fensterscheibe setzen sich nicht nur unzählige Regentropfen fest, wieder und wieder, sondern heftige Windböen treiben für die Jahreszeit viel zu dunkle Wolken vor sich her.

Paul weiß jetzt, was ihn hergeführt hat. Als ihn der große Vogel unsanft auf dem Boden absetzte - da war er noch in seinem Traum gefangen - wusste er bald, was ihn erwartete, denn dafür sorgte schon sein Sitznachbar. Wie arrogant dieser ihn belehren wollte.

‚Aber ich habe den Spieß umgedreht', freut sich Paul. ‚Als ob ich nichts wüsste über die Bora und ähnliche Wetterphänomene!' Paul ist kein Langschläfer, der noch im Bett liegen bleibt, wenn er nicht mehr schlafen möchte oder kann. Aber aufzustehen bei diesem dunklen Tagesbeginn, das ist es auch nicht, was er sich gewünscht hat. Deshalb verlässt er das Bett nur, um ans Fenster zu gehen. Er schaut auf die Promenade, schwaches, diffuses Licht dringt von der Hotelterrasse auf den gepflasterten Boden. Ringsherum ist es still. Dafür zeigt sich das Meer so aufgewühlt, als habe es noch eine Rechnung zu begleichen. Die Bora bläst das Wasser voll aufs Ufer, überspült damit die Promenade, die kleinen Fischerboote am Kai bewegen sich, als wollten sie ihrem neuen Kapitän zu Willen sein, zu groß ist seine Macht.

So lauert die Angst in jeder Bucht, auf jedem Bergkamm, in den Wäldern und erst recht auf See, und sogar in den älteren Häusern und immer wieder auch auf den zahlreichen Campingplätzen, die zu dieser Jahreszeit, wenn auch nicht voll belegt, so doch schon zahlreiche Gäste aus dem kühleren Norden jenseits der Alpen aufgenommen haben. Paul kennt die Geschichten über die Bora aus eigenem Erleben. Für den einen gehört sie zum Aufenthalt in der anmutigen Landschaft mit dem wohltuenden Klima dazu, für den andern ist sie vielmehr ein überflüssiger Schrecken, auf den er gern verzichten würde. Den Versicherungsgesellschaften im Norden ist die Bora auch ein Begriff, ein Name, der jedes Jahr viele Male Einzug in Antragsformulare hält, um Schadenersatz für verloren geglaubte oder auch für tatsächlich verlorene Gegenstände zu fordern. Da fliegen Zelte durch die Gegend, auch Vorzelte opfern sich für ihre Eigner, geöffnete Dachfenster von Caravan und Wohnmobil fliegen mit oder ohne Scheibe in tausend Stücken den Nachbarn um die Ohren. Mitgeführte Kleintiere laufen ängstlich davon, man sieht sie manchmal nicht wieder.

Das Leben findet an diesen dunklen Tagen fast nur im Innern der Behausungen statt, was selten ohne Folgen bleibt. Streit kann nicht mehr aufgeschoben werden, alles muss heraus bei diesem Wetter, darf nicht ungesagt bleiben. Da kommen Worte zum Vorschein, mit denen keiner der Beteiligten gerechnet hat; da werden Kinder zur Disziplin verpflichtet, wo Eltern sonst schon mal ein Auge zugedrückt haben.

Das ist die Zeit im Urlaub, wenn Stress sich den Weg bahnt in die oft nur scheinbare Idylle bei dem Versuch der Familienzusammenführung für Tage oder Wochen. Der einzige Ausweg aus dem Chaos ist dann ein Ausflug mit dem Pkw, in dem die Menschen sich noch halbwegs sicher fühlen, ein Trugschluss, wie schon einige lernen mussten.

Und Paul? Paul liegt zunächst wieder auf dem Bett, kriecht dann unter die Bettdecke, da es ziemlich kühl ist. Er denkt an ein Frühstück. Doch noch beschäftigt ihn die momentan nicht zu beantwortende Frage, die sich aber immer wieder in den Vordergrund drängt, wann er wird weiterreisen können zu seinem Ziel, der Insel Cres.

Als er am vorangegangenen späten Nachmittag, dem Rat eines Flugbegleiters folgend, sich ein Taxi genommen hatte, um nicht in der Nähe des Flughafens bleiben zu müssen, sondern sich etwas weiter nach Süden zu begeben, das empfohlene Hotel Miramare in Njivice anzusteuern, da hatte er kaum etwas sehen können, so dunkel war es bereits geworden.

Für den, der noch nie eine Bora erwartet und beobachtet hat und ein wenig ängstlich ist, birgt das Wolkenspiel am verdunkelten Himmel kriminelle Energie, die so nicht in ein Urlaubsgebiet gehört und schon gar nicht auf einen Campingplatz, auf dem ein Großteil der Leute sich gänzlich von Kleidern befreit hat, um Teil der Natur zu sein, aber doch nicht einer solch brutalen. Gott bewahre! Aber die Bora war gottlos und ohne Nachsicht, so schien es. Paul wurde durch eine nach seiner Meinung menschenleere

Landschaft gefahren. Lichter, auch nur eines kleinen Ortes, zeigten sich nicht. Im Fernlicht des Taxis sah Paul nur die glatte asphaltierte Straße vor sich, die der Chauffeur erfolgreich als Rennbahn zu nutzen versuchte.

Mit klopfendem Herzen, aber ohne den Mut, den Fahrer anzusprechen, saß Paul steif auf seinem Sitz, sich krampfhaft mit der rechten Hand am Griff festhaltend. Ein Kroate, dem ein paar Brocken der deutschen Sprache zur Verfügung standen, hatte Pauls Bitte entsprochen, ein Taxi für ihn ausfindig zu machen, das ihn nach Njivice bringen sollte an diesem düsteren Spätnachmittag.

Man hatte Paul versichert, dass es sich lediglich um elf, zwölf Kilometer handeln würde, die man gut in einer Viertelstunde bewältigen könne.

Paul wollte unbedingt weg vom Flughafen, überlegte dabei nicht, dass es auch einem Einheimischen nicht leicht fallen würde, im Angesicht der sich unaufhörlich nähernden Bora einen solchen Auftrag anzunehmen, denn immerhin hätte der Fahrer auch noch den Rückweg zu bewältigen. Paul, der es im Verlaufe seines Lebens gelernt hatte, sich anzupassen um nicht aufzufallen, verkrampfte immer mehr. Ein Seitenblick des Fahrers streifte ihn.

Der war nicht gerade freundlich, das verstand Paul. Ihm fiel nichts ein, was er dazu beitragen könnte, die Situation zu entspannen. Er dachte an die Landstraßen in Ostfriesland. Eine solche wie diese hier gab es dort kaum, dafür Schlaglöcher in so großer Zahl, dass man sich gar keine Mühe mehr geben wollte, ihnen auszuweichen. Nach jedem Frost wurden die Löcher breiter und tiefer. Erst wenn es zu einem Unfall mit Personenschaden gekommen war, beklagte man in der Presse den unzumutbaren Zustand der Straßen im Allgemeinen. Abhilfe konnte lange dauern.

So saßen Paul und der Taxifahrer wortlos nebeneinander, als Paul langsam begann, die Kilometer in geschätzten Fünfhunderter-Abständen zu zählen. Aber es war zu spät, er wusste nicht, wie viele Kilometer sie schon hinter sich gebracht hatten. Und dem Fahrer die Antwort zu entlocken war ihm eine zu schwierige Aufgabe. Wie aus dem Nichts tauchte stattdessen plötzlich Annas Gesicht vor ihm auf. Er wollte es festhalten, aber das schaffte er nicht. Er rutschte auf seinem Sitz ganz dezent hin und her. Seine Unruhe steigerte sich jedoch. Er fühlte sich – und so war es ja auch in der Realität – mit jedem Meter weiter von Anna entfernt. Was sollte er machen, ihm fiel nichts ein. Warum war er hier eigentlich allein, nicht einmal sprechen konnte er mit ihr. Wenn er sonst nach Kroatien gefahren war, wusste Anna das. Sie telefonierten einige Male am Tag, die Kosten dafür waren unbedeutend. Ehrlicherweise fragte er sich aber, ob er das, wenn es denn möglich wäre, wirklich tun würde, einfach anrufen und damit wieder mitten in das in Gang gekommene fremde Leben treten, sich bewusst machen, dass es ja Anna gewesen war, die ihn auf dem Campingplatz in Köln zurück gelassen hatte. Und er wollte doch nur in Ruhe darüber Klarheit bekommen, was geschehen war und wie es vernünftig weitergehen könne mit ihm und Anna!

Paul wurde durch einen scharfen Bremsvorgang abrupt aus seiner Gedankenbahn gerissen. Als er wieder in seine normale Sitzposition zurückgefallen war, atmete er tief ein und aus und hielt die Augen geschlossen. Der Fahrer stieß eine Reihe von Wörtern aus, Flüche, so hörte es sich an. Er fuhr jetzt langsamer, schaute Paul wütend an, als schimpfe er auf ihn, gestikulierte dazu noch mit beiden Händen, dass Paul Angst bekam. Ungeduldig wies er mit der Hand auf ein Verkehrsschild, das Paul im Vorbeifahren erkannte als einen Hinweis auf Wildwechsel. Dabei sah die Landschaft nicht so aus, als könne es hier Hirsche und Rehe geben.

Die hätten ja gar keine Deckung. Im Dunkel sah Paul nur die Silhouetten von Pflanzen mit niedrigem Wuchs, die ziemlich ohne Saft dastanden und den Böen der Bora zu trotzen versuchten. Hier ging es rechts ab zum Auto-Camp Njivice. Das war nicht der Anblick, den er von Cres kannte. Vor allem nicht Ende Mai. Jetzt erst bemerkte er, dass doch Vieles anders war. Besonders vermisste er die Steine und Steinmauern an den Straßenrändern, die ihm so sehr vertraut geworden waren und ohne die die Landschaft auf Cres für ihn nicht mehr denkbar war. Und hier gab es nur ein paar angehäufelte Steine, die wie eine Versuchsreihe auf Paul wirkten, aber keineswegs kunstvoll mit Verstand und mit dem Bestreben, hier mit einem Material aus ungleichen Größen eine Mauer zu errichten, die ohne Mörtel Bestand haben und damit auch dem Wind mit Erfolg trotzen würde.

Wie oft war er, über Rupa, Slovenien, kommend, über die E 61/A7 an Rijeka vorbeifahrend, weiter auf der A7 fahrend bis zur Abzweigung auf die D 102, um dann nach wenigen Kilometern am Hinweisschild nach Njivice auf der D 102 mit seinem Wohnmobil in geruhsamer Fahrt die letzten acht Kilometer auf der D 104 zurückzulegen, endlich in Valbiska anzukommen, selten aber in der Dunkelheit. Paul hatte sich dann auf die Überfahrt zu seiner Lieblingsinsel Cres gefreut, auch wenn es sich um die letzte Fähre nach Merag gegen 22 Uhr gehandelt hatte.

Aber jetzt saß er hier, genau wie der Fahrer, unglücklich über die Fahrt durch Sturm, Wolken und eine Landschaft, die etwas Fremdes, Bedrohliches zeigte, als wolle auch sie sich nur gegen ihren Willen darauf einlassen, mit dieser schnell aufziehenden Bora zu kämpfen. Denn es war klar, wer die besseren Karten haben würde.

In einer der letzten Kurven, bevor der Fahrer sich endgültig von der D 102 verabschieden würde, um rechts auf die abschüssige Primarska Cesta in den Ort Njivice abzubiegen, wurde der Wagen von einer sich aufblasenden Böe erwischt und ein Stück weiter auf einer kleinen Verkehrsinsel abgesetzt. Der Fahrer bremste unter einer Schimpfkanonade, zog den Wagen in die richtige Richtung und fuhr - entgegen der Geschwindigkeitsbegrenzung auf 40 km/h - auf nicht geringem Gefälle schnell in den Ort hinein. Über die Draga, die dann in die enge Ribarska obala überging, brachte der kroatische Fahrer seinen deutschen Gast, der das Hotel Miramare noch nicht kannte, an das ersehnte Ziel. So standen sie schließlich auf der Promenade, die wilde Jagd war vorbei. Der Kroate machte es seinem Beifahrer deutlich: Bitte schnell zahlen, ich muss nach Hause. Paul nickte, zog einen 50-Euro-Schein aus seiner Brieftasche, hielt ihn fragend in der Hand. Für einen kurzen Moment glaubte Paul ein Zeichen des Dankes zu sehen. Wenn das so gewesen sein sollte, könnte es sich nur um Bruchteile von Sekunden gehandelt haben, die Paul in seiner Art der Wahrnehmung gar nicht hätte erkennen können. Dafür hätte er viel mehr Zeit benötigt. Aber wer weiß?

Paul drückte ihm schnell den Schein in die Hand, nahm seine Reisetasche und verließ den Wagen, zum Abschied mit einer Hand dem sich Entfernenden nachwinkend.

Als er dann so plötzlich entlassen war und mutterseelenallein auf der Promenade und dann auf der Terrasse vor dem Hotel stand, begann es mächtig zu regnen. Paul regte sich nicht. Er sah hinaus in die Dunkelheit, auf das Meer. Das Meer bei Nacht war für Paul nichts Erbauliches, es zog ihn nicht an, er konnte an seinem Anblick, wenn auch der Mond am Himmel stehen würde und dessen Schein sich im bewegten Fahrwasser eines Schiffes widerspiegelte, nicht in Begeisterung ausbrechen und wie andere Passagiere nach einer Kamera greifen, als ob dieser Augenblick ein einzigartiger wäre, den man unbedingt einfangen musste. Bevor der Regen, vom Wind gepeitscht, ihn ganz durchnässen würde, besann sich Paul, wo er sich befand. Ein mattes Licht war in der Rezeption zu sehen. Die Terrassenstühle hatte jemand miteinander verkettet, um sie so vor der Bora zu retten. Die Pflanzenkübel hatte man nebeneinander dicht an die Hauswand gestellt. Sie dürften einiges wiegen und waren wohl nicht so gefährdet.

Paul fand eine Klingel, und es dauerte nicht lange, bis die Tür aufgeschlossen und er unter freundlicher Begrüßung von einer jungen Frau eingelassen wurde. Er stand vor dem Empfangstresen, zog mit langsamen Bewegungen seinen Pass aus der Tasche. Sie legte ihm ein Formular vor, das er brav und in aller Ruhe wortlos ausfüllte. Als sie ihn dann auf Deutsch angesprochen hatte, um zu fragen, wie lange er zu bleiben gedenke, war ihm ganz schnell ein Satz entschlüpft: Ich muss dringend nach Cres. Die nette Frau hatte ihn immer noch freundlich angesehen und dann fragend auf das Meer gezeigt. Doch Pauls Gedanken waren längst abgedriftet und hatten sich zu der großen Frage formiert, wann sein Leben endlich wieder in die richtige Bahn kommen würde.

Er hatte den Zimmerschlüssel entgegengenommen und auf Laute gehorcht, die aber ausgeblieben waren, er hätte in einem Geisterhaus sein können und es wäre nicht anders gewesen als in diesem Hotel. Für Paul war es klar: dieses Haus war verwaist. Die Frau hatte ihn zur Treppe geleitet, Licht gemacht und ihm erklärt, das Zimmer liege im ersten Stock über dem Restaurant. Mit Gruß war er hinaufgestiegen mit dem leichten Gepäck, das er kaum noch spürte. Nachdem er die Tür geöffnet und seine Nase ins Zimmer gesteckt hatte, was er immer machte, wenn er in fremde Räume kam, verzog er das Gesicht. Es roch ein wenig muffig. Er war auf das Fenster zum Balkon zugegangen und hatte festgestellt, dass es zur Wasserseite lag und ein Flügel trotz der heftigen Böen noch geöffnet war. Er hatte die Wellen eine Zeitlang beobachtet, tief die feuchte frische Meeresluft eingeatmet und, als er sich aufs Bett setzte, zugegeben, dass er hundemüde war. Er wusste noch, dass er mit spitzen Fingern die weiße Überdecke zurückgeschlagen, Jacke, Hemd und Jeans ausgezogen hatte und die Schuhe auch, um sich dann ohne weitere Inspektionen unter der Bettdecke zu verkriechen. Das hatte ihm gut getan nach all den Aufregungen, die hinter ihm lagen. Eine lange Nacht liegt nun zwischen seiner Ankunft und diesem

Morgen, an dem er sich erst einmal zurechtzufinden hat. Paul, dem eine bestimmte Art der Einsamkeit nicht fremd ist, fühlt sich nun sehr allein. Er verlässt das Bett, dreht sich einmal um die eigene Achse, das Zimmer und dessen Einrichtung betrachtend. Paul ist sehr penibel. Wenn er nicht zuhause oder in seinem Wohnmobil unterwegs ist, fällt es ihm schwer Dinge zu berühren. Jetzt betrachtet er das Bettzeug, in dem er doch einige Stunden verbracht hat, und sein Blick auf das Mobiliar, bestehend aus zwei Holzstühlen in einem Mahagoni-Ton, dazwischen ein kleiner Tisch, dazu ein Sessel in einer Ecke am Fenster, rotbraun der Bezug, und eine Couch, auf die er sich gewiss nicht setzen wird, ein Fernseher auf einer Kommode, ein Spiegel mit rotbraun angestrichenem Holzrahmen gegenüber dem Bett an der Wand, die Aussicht aus dem Fenster auf ein Meer, das sehr bewegt und trüb aussieht. Das alles zusammengenommen, ist nicht dazu angetan, seine Stimmung zu heben. Er weiß nämlich, es steht ihm bevor, das Bad zu betreten, die heikelste Aktion, die er sich momentan vorstellen kann. Das muss sein. Paul weiß, dass er sich nach seiner Ankunft nicht ganz ausgekleidet und einen Pyjama angezogen hatte, nein, er war zu müde gewesen. Bei dem Gedanken daran beginnt es ihn überall zu jucken. Er widersteht, wagt es und geht ins Bad. Die Tür schließt er nicht, das wäre zu viel für ihn. Wer weiß denn, wer sich in diesem Raum vor ihm hier aufgehalten und was der hier gemacht hat. Er ärgert sich, als ihm klar wird, dass er seine Badeschuhe vergessen und keine gekauft hat in Deutschland. Soll er in die Duschwanne steigen ohne Schuhe? Paul leidet sehr. So beginnt sein erster Tag auf Krk.

II Anna am Morgen nach dem Treffen mit Dirk

Als Anna langsam aufwacht und mit noch geschlossenen Lidern daliegt, spürt sie die Sonnenreflexe, die sich auf ihren Wimpern bemühen, ihr klarzumachen, dass dieser Tag sich ihr schon im Bett zu erkennen gibt, ein weiterer vorgezogener Sommertag zu werden.

Doch Anna kann die Lider nicht öffnen, sie befindet sich in einem sehr engen Tunnel, in dem es ab und zu blitzt, um dann wieder alles mit Schatten und Schwärze zu bedecken. Obwohl sie allein ist in diesem Tunnel, fühlt sie sich getrieben von einer fremden Kraft, die sie aus dem dunklen Loch herauszustoßen versucht. Anna weiß selbst nicht, warum sie sich dagegen wehrt.

Plötzlich schlägt sie die Augen auf und springt augenblicklich aus dem Bett. Sie greift nach ihrer Uhr. ‚Ich muss doch anrufen heute, das habe ich Dirk versprochen. Verdammt, das hätte ich beinahe vergessen!' Sie zerrt an ihrem Sommerbademantel, der auf einem Stuhl liegt, den sie jedoch erst unter anderen Kleidungsstücken hervorzuziehen hat. Dabei fällt einiges auf den Fußboden. Das lässt Anna gleichgültig dort liegen. Dann steht sie in ihrem Wohnzimmer. ‚Wo habe ich denn den Brief von der Kripo hingelegt?' Nachdenklich sieht sie aus dem Fenster auf den Hafen, wo sich einige Ruderer fit machen für ein Rennen am Nachmittag. ‚Ach, den Brief habe ich doch gleich zerrissen, was für ein Datum war das noch, an dem ich mich melden sollte? Ich glaube, es war der 21. Mai, das bedeutet, ich bin eine Woche zu spät. Daran kann ich jetzt nichts mehr ändern. Durch diese Sache muss ich durch. Dirk hat es mir vorgemacht, dass man sich nicht immer drücken kann, auch wenn man es noch so gern möchte.' – ‚Na, die Telefonnummer kann ich wohl auch anders herausfinden, mal sehen. Aber erst einmal frühstücken!' Sie verlässt kurz die Wohnung, um den Briefkasten zu leeren, kommt mit der Ostfriesenzeitung und dem Kölner Stadtanzeiger zurück.

Sie trinkt seit einiger Zeit nur noch Kaffee, als hätte sie ihr ostfriesisches Erbe, nämlich die genetisch bedingte Abhängigkeit vom schwarzen Tee aus Assam und Ceylon, so einfach ablegen können. Anna ist ehrlich. Dieser Wechsel hin zum Kaffee hat nur mit dem geringeren Zeitaufwand zu tun, und da schneidet der Kaffee doch wesentlicher besser ab. Milch und Zucker, Kandis allerdings nicht, bleiben Bestandteil dieser Sucht. Dazu gehört ein echtes Schwarzbrot, nicht das dunkle, dass seine Farbe nur dem Sirup verdankt, der hinzugefügt wird und weitere Kalorien mit sich bringt.

Heute, sie hat bereits die Zeitung in der Hand, an einem Donnerstag, wird sie bei der Polizei sicher etwas erreichen können. Was aber noch zu beweisen wäre. Eine Viertelstunde später sucht sie im Telefonbuch nach dem Eintrag der Polizei-Inspektion Emden/Leer. Bevor sie die Nummer wählt, setzt sie sich auf einen Stuhl und atmet tief durch. In der Hoffnung, dass niemand abnehmen möge, plant sie fürs Erste ihren Tagesablauf. Doch unterbricht eine freundliche Männerstimme ihren Versuch. Anna erklärt: „Anna Hülsebus, moin. Ich habe am 20. Mai einen Brief mit Vorladung vorgefunden, ich sollte, so glaube ich, am 21. aufs Präsidium kommen. Das Schreiben habe ich, ohne es zu wollen, entsorgt. Können Sie mir weiterhelfen?" Anna hört erst einmal zu, verdreht dann die Augen. „Das Aktenzeichen habe ich mir doch nicht gemerkt, ich kam gerade aus dem Urlaub zurück und hatte andere Dinge im Kopf. Aber nun hat mir ein Freund meines Mannes erzählt, dass die Kripo bei ihm gewesen sei und ihn gebeten habe, meinen Mann zu identifizieren. Eine absurde Geschichte. Wer denkt sich so etwas aus? Er soll bei einem Unfall auf dem Rhein ertrunken sein, was ich nicht glaube. Aber dieser Freund hat ihn tatsächlich identifiziert." Anna hört, wie der Mann mit einer anderen Person spricht. ‚Ich muss ruhig bleiben', denkt sie noch, als wieder jemand in der Leitung ist, eine andere Stimme sie begrüßt. „Ja", sagt Anna leise, „es geht um meinen Mann Paul Hülsebus, geboren am 8.8.1965. Nein, das nicht, nein, ich wollte wissen, ob ich ihn noch sehen darf. Nicht mehr möglich?" Anna schluckt und wartet eine Weile, bevor sie weiterspricht.

„Er ist vor zwei Tagen beigesetzt worden? Aber wir hatten ja gar keine Grabstätte bisher. Ach, das hat die Stadtverwaltung veranlasst? So ist das. Nein, eine Rechnung liegt mir noch nicht vor. Naja, das ist ja dann ganz knapp gewesen. Sind Sie eigentlich sicher? Und das ist also nicht rückgängig zu machen?"

„Ja, entschuldigen Sie bitte, ich kenne mich nicht aus, Sie haben wohl Recht. Aber was wollten Sie denn eigentlich von mir?"

„Ach so, ja, Herr Dirk Dreesmann hat Paul identifiziert, das weiß ich ja. Und der kannte ihn schon länger. Muss ich denn noch einmal vorbeikommen? Doch nicht sofort, oder? Am Montag gehe ich wieder arbeiten, nach Oldenburg. Aber ich werde morgen zum Friedhof gehen. Dann können wir für Montagnachmittag einen Termin festlegen. Danke für Ihr Verständnis. Moment, welcher Friedhof ist das? Und können Sie mir sagen, wie ich das

Grab finde? Zur Friedhofsverwaltung, wo sagen Sie, in der Rathausstraße 1? Gut, danke. Auf Wiederhören." Annas rechte Hand, mit der sie das Telefon hält, ist ganz schlapp geworden. Sie ist kaum in der Lage, das Mobilteil korrekt auf die Station zu stellen. Sie zittert, ihr wird kalt, sie holt eine Jacke. Die Sonne ist verschwunden, Wolken ziehen auf, noch ehe der Tag zu einem richtigen Tag werden konnte. Am liebsten würde Anna ins Bett zurückgehen. Stattdessen ruft sie Dirk an, sie muss mit ihm sprechen und wundert sich anschließend über ihn. ‚Was benimmt er sich so merkwürdig? Es war doch sein Vorschlag. Das verstehe ich nicht. Aber ich werde sehen. Männer sind manchmal rätselhafter als Frauen. Und das will etwas bedeuten. '

III Paul überwindet sich

Paul ist erleichtert, dass er den Schritt in die Duschkabine geschafft hat. Von seiner Idee, die festgesogene Plastikmatte mit spitzen Fingern aus der Duschtasse zu entfernen, mit der Handbrause mal eben heißes Wasser kreuz und quer laufen zu lassen, um sodann zu beginnen mit dem, was unter normalen Umständen ein Vergnügen ist, nämlich zu duschen, ist er noch nicht hundertprozentig überzeugt. Etwas Wesentliches ist in diesem Falle anders. Doch Paul entschließt sich nach gründlicher Überlegung, einfach seine Socken anzubehalten. Auf diese Weise wird er geschützt sein vor Keimen, Schmutz und anderen möglichen Belästigungen mit Folgen, denkt Paul.

Es ist nur ein winziger Moment, dass er sich fragt, ob das nicht lächerlich sei, ein Mann, nur mit schwarzen Socken bekleidet, sich in aller Ruhe duschend. Während das Wasser mit ziemlich großem Druck auf Kopf und Schultern niederprasselt, ist Paul froh, dass er wenigstens Seife zur Hand hat. Seine Bewegungen sind nun nicht mehr langsam, sondern werden heftiger, während sein Gesichtsausdruck merkwürdige Abwesenheit zeigt, als seien seine Gedanken irgendwo stecken geblieben und führten ein Eigenleben.

Als er sich mechanisch von seinen nassen Socken trennt, die ihn schützen sollten, hält er einen Augenblick inne. Es ist zu spät. Er wäscht sich die wenigen Haare, spült lange nach, inzwischen steht er im Dampf, greift nach einem der Handtücher, die über einer Seitenstange hängen, benutzt es und legt es dann sorgsam vor die Dusche, tritt darauf, um sich außerhalb der Kabine weiter abzutrocknen. Das geht schnell vonstatten, denn ihm wird es zu kühl ohne Bekleidung. Während er sich Unterwäsche, einen leichten Pullover überstreift, die Jeans anzieht, wirft er einen Blick auf die Terrasse. Menschenleer. Keine Bewegung, keine Farben. Nur das Meerwasser wird ans Ufer gepeitscht. Drei Pkw stehen auf dem Parkplatz vor der Promenade. ‚Wahrscheinlich die des Hotelpersonals', mutmaßt Paul. Er geht an die Tür des Apartments und lauscht auf Geräusche, nichts, kein Laut, keine Schritte, keine Putzfrau, kein Kellner, kein Geklapper mit Geschirr, kein Fahrstuhl, nichts.

‚Mir fehlt einfach die Erfahrung mit Hotels', denkt Paul. ‚Wahrscheinlich sitzen alle Gäste längst im Frühstücksraum und unterhalten sich über das Wetter.' Das Hungergefühl ist verstärkt zurückgekehrt und treibt ihn an, sich zu beeilen. Seine Haare sind trocken. Gleichgültig steht er vor dem Spiegel und kämmt, was noch zu kämmen ist. Er verlässt sein Apartment, schließt die Tür und geht die beiden Treppen hinunter. Aufzüge mag er nicht, obwohl er sonst schon mal zur Bequemlichkeit neigt. Paul riecht den Duft des Kaffees, bevor er sich versichert hat, dass er vor dem Frühstücksraum steht. Jetzt hört er doch menschliche Stimmen, und es sind nicht wenige. Er würde gern umkehren, gerät in eine leichte Panik. Aber er steht das durch und tritt ein in einen wider Erwarten großen und hellen Raum.

Hell ist dieser Raum nur durch das Tageslicht, das jetzt von der Terrasse. hereindringt. Paul fühlt sich nicht berufen, etwas zu kritisieren. Doch wenn ein vertrauter Mensch ihn fragen würde, wüsste er schon, was er zu bemängeln hätte. Mit einer Sommerfrische am Meer bringt man auf keinen Fall Farben wie die in diesem Raum in Verbindung. Das Mobiliar, bestehend aus rotbraun gepolsterten Stühlen aus dunklem Holz, dazu die in merkwürdigem Kontrast stehenden goldgelbfarbenen, glockenförmig die Tische ummantelnden Decken mit ebensolch farbigen, hoch aufgetürmten Servietten auf weißen Tellern, die auf den allseits beliebten Platzdecken stehen. Welches mediterrane Frühstück lauert hier auf die Gäste? Oder gibt es gar Rührei mit Schinken? Paul steht noch sinnend da, die Tür im Rücken, auf der Suche nach einem freien Platz. An den Vierer-Tischen sitzen entweder vier oder zwei Gäste, für Paul ein kleines Problem. Wohin jetzt? Ein Blick auf die Terrasse verschafft ihm Mut. Er sieht den Himmel, auch wenn der nicht nur Bläue zeigt, so regnet es zumindest nicht mehr. Damit hat Paul einen Fluchtraum für sich entdeckt. Bisher hat ihn niemand beachtet, doch dann kommt ein netter Kellner auf ihn zu und deutet auf einen Platz am Fenster. Hier sitzen zwei ältere Herren, die dem Aufbruch nahe sind, sie haben zwei Aktentaschen auf dem dritten Stuhl platziert. Zu dem vierten Platz dirigiert der Kellner nun Paul, der ihm folgt und den Männern einen ‚guten Morgen' wünscht. Diese blicken kurz auf, grüßen freundlich zurück und setzen ihr Gespräch fort.

Paul setzt sich, legt die große Stoffserviette beiseite. Der Kellner fragt, ob er Kaffee wünsche, Paul nickt. Jetzt hat er, ohne sich anstrengen zu müssen, einige Gäste in seinem Blickfeld, jüngere Paare, zum Teil mit Kindern, die friedlich dasitzen oder auf dem Tisch mit etwas spielen, was Paul nicht kennt. Es ist ein kleines Stimmengewirr, das Paul sich größer und damit lauter vorgestellt hat. Dann fällt sein Blick auf das Buffet, das schon ziemlich abgeräumt aussieht. Sein Magen knurrt, was er nicht unterbinden kann. ‚Anna sagt immer, dass das sehr laut ist', denkt Paul, aber seine Nachbarn hat das nicht berührt, denn sie blicken nicht in seine Richtung. Er steht auf, nimmt seinen Teller und geht gemächlich zum Buffet. Er nimmt zwei Scheiben Weißbrot, Butter, Orangen-Marmelade, etwas Ziegenkäse, zwei kleine Tomaten und tatsächlich ein gekochtes Ei. Als Paul beim Zurückgehen zu seinem Tisch aus dem Fenster sieht, hört er Stimmen von draußen, aufgeregte Menschen laufen ziellos und doch nach etwas suchend, hin und her. Ein Mann sitzt mit gebeugtem Rücken, aufs Wasser blickend, am Kai. Jemand versucht, ihn hochzuziehen, aber er sträubt sich. Jetzt bemerkt Paul, wie in einigem Abstand von diesem Mann eine Gruppe Männer damit beschäftigt ist, jemanden aus einem Boot zu befreien, das vom starken Sturm hin- und her geworfen wird. Jemand stürmt in das Restaurant und versucht eine Telefonverbindung herzustellen. Es scheint ein Notfall zu sein, soviel versteht Paul gerade noch, dessen Sprachkenntnisse brach liegen seit Jahren. Es wird ein Rettungshubschrauber angefordert, hört er von seinen Tischnachbarn. Ein Mann ist schwer verletzt. Das kann nur der vom Boot sein, denkt Paul. Er sieht nicht mehr nach draußen. Das Meer ist fremd, so aufgewühlt und nicht mehr blau, sondern grau und abstoßend, das macht Angst. Paul versucht sich mit dem Frühstück zu beruhigen, da er immer noch hungrig ist. Er trinkt eine weitere Tasse Kaffee, ganz gegen seine Gewohnheit. Als er das Propellergeräusch erkennt, verlässt er den Frühstücksraum und geht ins Foyer, setzt sich in einen der ledernen Sessel und bedient sich bei den ausliegenden Zeitungen. In seinem Innern tobt es, sein Herzschlag verstärkt sich, schon glaubt er, er müsse sich übergeben, als die Außentür aufgestoßen wird und ein Mann hereintorkelt, blutig verschmiertes weißes Hemd, schwarze Jeans, barfüßig, schwarze kurze nasse Haare sieht Paul. Entsetzen zeigt sich auf dem Gesicht des Mannes, der sich nicht orientieren kann, auf Paul zukommt und neben ihm zusammenbricht. Paul springt aus dem Sessel, rennt hinter die Theke, sucht eine Tür und findet keine, kommt wieder hervor, sieht kurz auf den Mann, der am Boden liegt und weint. Paul wendet sich ab.

„Ich muss hier weg", sagt er laut. Er rennt die Treppe hoch zu seinem Apartment, findet den Schlüssel nicht sofort und hämmert an die Tür. Dann lehnt er sich an die Wand und sucht erneut den Schlüssel. ‚Der muss noch auf dem Tisch liegen', fällt ihm ein. Er rennt die Treppe wieder hinunter, stürmt in das Restaurant und direkt auf den Tisch zu, an dem die beiden Männer immer noch sitzen und sich unterhalten, als wäre nichts geschehen.

„Wieso sitzen Sie denn hier herum und draußen herrscht das Chaos?" Paul schreit sie an, die ihn jetzt anstarren. Paul greift nach seinem Schlüssel und verschwindet wieder nach oben. Er traut sich nicht, aus dem Fenster seines Apartments zu sehen, um das weitere Geschehen zu verfolgen. Er muss etwas tun, aber was? Paul holt aus seinem Gepäck ein Paar Ohrenstöpsel, steckt sie in den Gehörgang, setzt sich auf die Bettkante, nimmt ein Magazin und versucht sich durch Lesen zu beruhigen. Ab und zu sieht er auf, als höre er Geräusche. Nach einigen Minuten legt er sich auf das Bett und schläft bald darauf ein. Erst ein lautes Klopfen an die Tür weckt ihn, der sich nur langsam zurechtfindet. Er geht zur Tür. Vor ihm steht eine Putzfrau, neben ihr läuft sanft der Motor eines Staubsaugers. Paul sagt nichts, lässt sie in den Raum, geht an seine Tasche, nimmt sein Portemonnaie heraus, legt die Ohrenstöpsel hinein, stellt die Tasche in den Schrank und geht auf den Flur. Eine Weile lauscht er, bevor er die Treppe benutzt. Langsam und leise geht er hinunter und hofft, dass die Aufgeregtheit sich gelegt haben möge.

Im Frühstücksraum sitzen zur Mittagszeit nur noch zwei Männer an einem Tisch. Sie blicken kaum auf, als Paul den Raum betritt. Paul nimmt denselben Platz ein wie zuvor. Vor dem Hotel ist kein

Mensch mehr zu sehen. Ihn überkommt wieder ein Gefühl der Unwirklichkeit. Was ist hier los, fragt sich Paul, ohne eine Antwort zu erwarten, denn die stellt er sich schrecklich vor. Er versucht, aus dem Gespräch der Männer zu erfahren, was hier vor kurzem stattgefunden hat. Sie sprechen Deutsch, und sind ziemlich un- geniert, nach Pauls Empfinden. Paul ringt mit sich, ob er sich zu ihnen setzen soll. Er spürt, dass des Rätsels Lösung auch etwas mit ihm zu tun haben könnte.

IV Anna kommt vom Wege ab

‚Ich werde nicht zum Friedhof gehen, warum auch, es ist doch alles zu spät. Was soll ich da? Manchmal glaube ich, dass ich mir all die Jahre selbst nicht trauen konnte, aber auch nicht in der Lage gewesen bin, mich von Paul zu trennen. Vielleicht ist dies meine letzte Chance, doch noch ein neues Leben zu beginnen. Aber niemand soll das erfahren.'

Noch bevor sie diesen Entschluss für sich selbst vorläufig endgültig getroffen hat, klingelt Dirk bereits an der Haustür. Blitzschnell entscheidet sich Anna, die Sprechanlage zu nutzen, um Dirk ins Haus zu bitten, anstatt sich selbst auf den Weg nach unten zu begeben. Sie muss die Situation für sich klären und braucht dazu diesen Mann. Er ist der einzige, der eingeweiht ist. Ihre Eltern sind noch nicht zurück, und im Übrigen liegt ihr nichts daran, dass sich ein großes Drama entwickelt. Sie wundert sich an diesem Morgen darüber, welchen Abstand sie bereits nehmen konnte in einer Entwicklung, die sie überrollt hat in den letzten Tagen, ja Stunden, die nicht absehbar, ja nicht einmal denkbar war. Der letzte Zweifel, Paul könne doch nicht so leichtfertig gewesen sein, sein Leben aufs Spiel zu setzen, scheint aus der Welt zu sein. Anna sieht einen Horizont, der sie geradezu einlädt, ihr Leben in die Hand zu nehmen. Sie hat sich nicht darauf eingelassen, eigenes Versagen oder eine Art Schuld auf sich zu fühlen, still vor sich hin zu leiden oder sich zu verkriechen.

Dirk ist an diesem Tag, der nicht so sonnig geblieben ist, wie er sich anfangs zeigte, so feierlich gekleidet, als wolle er zu einer Beerdigung antreten. Anna kann sich gerade noch beherrschen, ihn nicht darauf anzusprechen oder sich darüber erstaunt zu geben. Dirk sieht sehr traurig aus. Anna rätselt, was mit diesem Mann in Bezug auf Paul eigentlich los war in der Vergangenheit, da Paul ihn nicht sehr häufig gesehen hat und Dirk auch nur wenige Male bei ihnen im Haus gewesen ist.

„Anna, gehen wir? Ich will das auch hinter mich bringen, verstehst du, alles, was damit zusammenhängt, liegt mir schwer auf der Seele."

Mehr als ein Nicken bringt sie nicht zustande. Theatralik liegt ihr nicht, aber gleich zur Sache zu kommen, ist nicht angebracht, aus strategischen Gründen, so meint sie.

„Dirk, nimm doch Platz, ich mache uns einen Kaffee, oder möchtest du lieber Tee, oder vielleicht ein Bier?" Sie spürt, wie gern er zum Bier greifen würde, nimmt ihm kurzerhand die Entscheidung ab. „Weißt du, trinken wir eine Tasse Kaffee, ich bin heute früh noch nicht richtig dazu gekommen. Ja?" „Ist okay."

Dirk steht am Fenster und sieht auf den Hafen, von Anna aus den Augenwinkeln beobachtet.

‚Wie kriege ich ihn dazu, mit mir einer Meinung zu sein? Wahrscheinlich muss ich nur bestimmt genug auftreten, das werde ich versuchen.'

„Da sind ein paar schöne Boote, die werden eine Stange Geld gekostet haben, das sind ja schon richtige Yachten", staunt Dirk.

„Ach, weißt du, Dirk, du müsstest mal die Leute kennenlernen, die dazugehören, dann käme kein Neid bei dir auf!"

„Wieso, was ist mit denen?"

Anna lächelt ihn an, während sie den Tisch deckt. „Das sind entweder steinalte Pensionäre, die kaum noch laufen können oder Kinder reicher Leute, die noch nie haben arbeiten müssen. Dazwischen gibt es kaum etwas anderes. Und dann sitzen die in ihrer Freizeit, wenn sie nicht unterwegs sind, hier im Sommer auf ihren Booten im Hafen herum, trinken ein Bier nach dem andern, tratschen über einander, verbringen die Abende vor dem Fernseher, man sieht das ja alles, weil es gelb und blau und grün leuchtet und flackert, so dass sogar ich die Vorhänge zuziehe. Und die Jüngeren machen es auch nicht viel anders. Dabei haben nicht wenige ihre Eigentumswohnung direkt vor der Nase. Und so schön ist der Hafen ja nun auch nicht. Man sieht ihnen an, dass sie auf die paar Tage im Jahr warten, wo hier echt was los ist, das Skipper-Treffen, international, oder Regatten vom Ruderverein gegenüber. Dann gibt es auch noch Streit mit den Nachbarn, die keine Boote besitzen und die sich beschweren, wenn die jungen Ruderer mit ihren Drachenbooten aus ganz dem ganzen Land und dem benachbarten Ausland hier herkommen, um zu trainieren. Vorn sitzt der Trommler, der die Vorgaben der Schlagleute, die ihm gegenüber in der ersten Reihe sitzen, laut weitergibt. Und das ist dann wohl zu viel für einige Anwohner des Freizeithafens. Die reinste Spießergesellschaft ist das. Vor einem Jahr hat das Ordnungsamt den Sportlern das Trommeln und Taktgeben tatsächlich verboten. Die Stadt hatte so viele Beschwerden am Hals, hat sich nicht gewehrt, sondern nachgegeben. Peinlich finde ich das."

Sie setzen sich, rühren im Kaffee, beide wissen, dass dieses Gespräch keines ist, das mit dem heutigen Treffen etwas zu tun haben könnte. Dirk fühlt sich entsprechend unwohl. Er hat Zeit genug gehabt, sich mit dem Tattoo auf Pauls innerem Oberarm zu beschäftigen, und nun möchte er die Ergebnisse seiner Recherchen, und überhaupt dieses Thema, von dem Anna nichts weiß, gern über den Tisch schieben. Wie viele Formulierungen hat er zuhause geprobt, wie sollte er Anna von dem erzählen, was er an Pauls Körper entdeckt hatte, bevor der Pathologe das Laken wieder über den Leichnam gezogen hatte.

‚Was brütet der nur aus', denkt Anna. Sie ist kurz davor, alles auf den Tisch zu legen, damit Klarheit herrsche. Sie beugt ihren Oberkörper ein wenig vor, um Dirks Blick einzufangen, was ihr auch gelingt. Sie faltet ihre Hände, macht den Rücken grade.

„Dirk, ich habe lange genug überlegt, was ich zu tun habe. Die Polizei hat mir mitgeteilt, telefonisch, meine ich, dass Paul bereits beerdigt wurde, weil die Vorschrift es so will. Und da ich nicht vor Ort war und auch sonst kein Verwandter, hat die Stadt alles organisiert. Paul liegt hier in Leer auf dem Friedhof. Und ich kann ihn nicht mehr sehen. Was soll ich dort also. Und du genauso. Was sollen wir da? Das Leben geht weiter, auch wenn wir uns das nicht so vorgestellt haben. Warum war Paul nur so leichtsinnig? Wenn ich das doch wüsste!"

Während Anna spricht, hat Dirk Mühe, seine aufkommende Enttäuschung, die sich – es fehlt nicht mehr viel – in ungeheure Wut verwandeln wird, zu verbergen. Er springt so plötzlich auf, dass Anna im Reflex auf den Schrecken dasselbe tut. Sie stehen einander gegenüber. Dirk hat von der Anstrengung, die Wut zurückzuhalten, ein ziemlich gerötetes Gesicht. Anna weiß, sie muss ihn besänftigen, aber wie? Sie berührt den Mann leicht an der Schulter: „Dirk, setz' dich wieder, bitte! Denn ich verstehe einiges nicht, was dich und Paul betrifft. Ihr habt euch doch gar nicht so häufig gesehen, dass da eine Beziehung hätte entstehen können, oder irre ich mich?"

Dirk nimmt wieder seinen Platz ein, hält den Kopf gesenkt, ist jetzt ein wenig verlegen. Was soll er ihr sagen? Dass er in Paul seinen besten Freund gesehen hat? Dafür gibt es keinen Beweis, den ein anderer Mensch akzeptieren müsste. Das ist etwas, was in seinem Innern, unerkannt von anderen Menschen, gebrodelt hat und mit viel Schmerz verbunden war. Von Schmerz kann er durchaus sprechen, denkt er, denn es hat wehgetan, Paul zu sehen in der Beziehung zu einer Frau, von der er glaubte, sie habe

Pauls Wesen überhaupt nicht zu schätzen gewusst. Aber das kann er ihr doch nicht einfach so vor die Füße werfen, das würde sie sofort entkräften können.

Nicht ein einziges Mal hatte Paul von Anna erzählt oder sie überhaupt erwähnt. Paul war nur auf seine Arbeit fixiert, und die hat sein ganzes Interesse und seine Energie beansprucht. Wenn das nicht so ausschließlich gewesen wäre, hätte Dirk sicher versucht, sich mit größerem Bemühen Paul zuzuwenden, dass der nicht umhin gekommen wäre, ihn zu beachten und nicht nur wie einen Kollegen, von denen es einige gab.

Hier fühlt Dirk wieder den Stich in seiner Brust, und er möchte am liebsten herausschreien, dass er Paul geliebt habe, ja, richtig geliebt, vielleicht wie einen Bruder, den er nicht hatte. Nicht wie einen Mann, nein, das nicht, das sollte Anna nicht denken. Dann hätte er ja zusätzlich noch zu ihr in Konkurrenz treten müssen. Aber Paul war so fein in seinem Wesen, auch sehr sensibel, dazu schüchtern und zurückhaltend. Und auch so klug im Umgang mit Kunden, dass er, Dirk, sich häufiger hat wundern müssen. Dabei hatte Paul nie große Worte oder Gesten angewandt. Er war einfach präsent. Und genau das hat ihn Dirk so sympathisch werden lassen. Wo gibt es heute noch Menschen, denen du vertrauen kannst, ohne ihn oder sie näher zu kennen, fragt sich Dirk. Paul war so ein Mensch.

Als Dirk mit seinen schnell vorüber ziehenden Gedanken fertig ist und zu Anna aufblickt, sieht er, dass Anna auf etwas lauert, ja, sie lauert, das erkennt Dirk genau. Was möchte sie wissen? Dass Paul sie mit ihm betrogen habe? Das wäre absurd! Was soll er ihr also sagen? Sie hat gar kein Verlangen gehabt, ihren Mann noch einmal zu sehen. Was ist das für eine Liebe?

Das Tattoo sitzt Dirk im Kopf und seine Zweifel, ob es wirklich Paul war, den er identifiziert hat. Doch, und das weiß Dirk ganz sicher: Anna würde ihn auslachen, und das hielte er nicht aus. Die Frau, die ihm gegenübersitzt, ist ihm fremd, war es immer, wie er jetzt erst feststellt. Die bringt es fertig, am Montag ihre Arbeit in Oldenburg wieder aufzunehmen, als wenn nichts geschehen wäre. Wie wird man so, fragt sich Dirk. Er weiß natürlich, dass Paul geschäftlich oft in anderen Orten gewesen ist und auch, dass er einmal pro Jahr allein mit seinem Wohnmobil verreiste. Davon hat er gern gesprochen. Dirk erinnert sich daran, dass Paul ihm eines Tages gestanden hatte, selten einen derart aufmerksamen Zuhörer wie ihn zu haben. Dirk weiß noch viele Details von Pauls Ortsbeschreibungen, von Naturbildern, die er ihm vermittelte, so dass es sich manchmal so anfühlte, als habe er Teile von Pauls Reisen an dessen Seite miterlebt.

Anna langweilt sich. Der Mann hat sich scheinbar beruhigt, und sie hat vor, diese Begegnung rasch zu beenden. Dirk stellt sich plötzlich vor, Anna und er könnten in einen Streit geraten, der es ihm später unmöglich machte, ihr von seinem Verdacht, der Tote könne gar nicht ihr Paul sein, zu berichten.

Da stehen die beiden nun, jeder mit dem eigenen Problem be-schäftigt, und finden nicht die richtigen Worte, um den anderen zumindest für eine Denkpause wieder loszuwerden. Anna sieht nur noch die Chance, Dirk vorzugaukeln, es gehe ihr sehr schlecht, alles, was sie gehört habe über die Bestattung und dass ohne ihr Zutun ihr lieber Paul nun unter der Erde sei, wäh-rend sie beide, Dirk und Anna, in Pauls Wohnung überlegten, was zu tun sei, aber derzeit nicht zum Handeln fähig sind, Zeit müsse vergehen, damit sie miteinander und nicht gegeneinander in die Zukunft blicken könnten. Paul sei das Bindeglied und solle es auch bleiben. „Weißt du, Dirk, du und ich sind nicht wirklich vertraut miteinander, aber wir fühlen vielleicht ähnlich, was Paul betrifft. Das sollten wir in dieser Situation nicht aufs Spiel setzen. Gib uns ein wenig Zeit. Dann sehen wir weiter. Und dann verstehe ich vielleicht eines Tages auch, was Paul für Dich war. Einverstanden?"

Dirk schaut Anna an und überlegt, während er noch versucht ist, zu sprechen über das, was ihn bewegt, ob es jetzt nicht doch besser sei, auf Annas Rat zu hören. Und er nickt, weil er Dirk ist und nicht anders kann. Er empfindet dies auch jetzt als Schwäche, ist sich bewusst, dass er versagt hat, wieder einmal, nur weil er nicht der harte Typ ist, einer Frau Kontra zu geben. Schon oft hat er sich gefragt, wodurch sein Verhalten verursacht wurde. Manchmal denkt er dabei an seine Mutter und den Vater, der eine ähnliche Art hatte, Schwierigkeiten zu umsteuern, anstatt sie zielgerichtet zu lösen. Aber das wäre möglicherweise eine zu einfache Erklärung, nur um sich selbst zu rechtfertigen. Seine durch das Nicken ausgedrückte Zustimmung scheint Anna erleichtert aufzunehmen. Anna macht einen Schritt auf die Tür zum Flur zu, in der Hoffnung, das sei Zeichen genug für den Mann, sich zu verabschieden. So geschieht es. Anna begleitet ihn bis zur Haustür, sieht, wie er mit hängenden Schultern seinen Weg zur Fußgängerbrücke in die Stadt nimmt. Sie hält so lange durch, bis er auf der Brücke ist. ‚Wenn das kein Symbol ist‘, denkt sie, ‚dann gibt es keine Symbole mehr‘.

Als hätte sie an diesem Tag nie etwas Anderes vorgehabt, nimmt sie aus ihrem Kleiderschrank einen dunklen Mantel, zieht ihn über, steht vor dem Spiegel. Sie ist sich wieder einmal sehr fremd. Sie nimmt eine kleine Tasche von der Garderobe und macht sich auf den Weg. Nach einem Fußweg von mehr als einer halben Stunde strammen Gehens betritt Anna den Friedhof, auf dem Paul seine letzte Ruhe gefunden hat. Sie findet gerade noch rechtzeitig einen Mitarbeiter der Friedhofsverwaltung, den sie nach der genauen Lage des Grabes fragen kann. Sie folgt ihm ins Büro. Er greift nach einem Ordner, fragt nach dem Namen des Verstorbenen und dem Datum der Bestattung. Diese beiden Informationen versetzen den Mann in die Lage, das Gesuchte zügig zu finden. Dennoch stutzt er einen Augenblick, sieht Anna fragend an. „Wie ist denn Ihr Familienname?“ „Hülsebus, Vorname Anna.“ „Und der Verstorbene ist Paul, Ihr Ehemann?“ „Ja.“ Mann blättert in dem Ordner, hält inne. „Hier ist etwas nicht ganz deutlich. Das hat offensichtlich niemanden gestört.“ Er sieht Anna an. Was aber soll Anna mit dieser Erkenntnis. „Was ist denn falsch gelaufen?" möchte sie wissen. Der Mann steht auf, reicht ihr ein Dokument. „Ist Ihnen dieses Dokument bekannt? Haben Sie Ihren Personalausweis dabei?" Anna nickt. Sie ist leicht nervös geworden, will das hier nicht. Vor allen Dingen keine weiteren Überraschungen mehr. Sie liest etwas über den Pachtvertrag eines Doppelgrabes, unterzeichnet von Paul Hülsebus, aus dem Jahre 2010. Das macht sie sprachlos. Entsprechend blickt sie auf den Mann. „Die Stadtverwaltung hat mir auf Nachfrage mitgeteilt, dass die Bestattung meines Mannes durch sie veranlasst worden ist, da ich nicht in Leer und auch nicht aufzufinden war. Von diesem Vertrag hat mein Mann mir nichts gesagt."

Der Mann betrachtet Anna, als wäre sie von einem anderen Stern hier gelandet. „Sie kennen diesen Vertrag also nicht?" „Sonst hätte ich Sie sicher nicht gefragt, wo Paul begraben worden ist, oder?"

Sie fühlt sich von Paul überrumpelt. „Nimmt das denn nie ein Ende" murmelt sie vor sich hin, aber immerhin noch so deutlich, dass der Mann es versteht. Aber wie kann es sein, dass diese

Frau nichts von dem Vertrag gewusst hat, seltsame Familienver-
hältnisse, denkt er.

„Wie komme ich aus diesem Vertrag heraus?" Anna fragt ziemlich schroff, deutet auf das Dokument. „Machen Sie mir doch eine
Kopie, dann muss ich zuhause nicht mehr lange suchen."

Während ihre Gedanken sie davontragen in eine Vorstellung
ganz anderer Art, läuft sie dem Angestellten nach, der reicht ihr
die Kopie, um Anna endlich loszuwerden, und auf die Frage, ob
das etwas koste, winkt er nur ab und ist sichtlich froh, als Anna
das Gelände verlässt. ‚Ich habe schon wieder einen Auftrag von
Paul', sinniert Anna auf dem Weg nach Hause. Das Schlimme
daran ist, dass sie niemanden einweihen darf, nicht einmal ihre
Eltern, die bald ihren Urlaub abgeschlossen haben und sich mit
ihr in Verbindung setzen werden. Das war Normalität. Aber was
ist das heute?

V Paul und der Fremde

Gerade, als Paul sich entschieden hat, mit den beiden Männern ins Gespräch zu kommen, hört er, wie jemand einen Stuhl zurechtrückt, sich setzt und den Stuhl noch einmal bewegt.

Paul dreht sich um und erkennt den Mann, der am Vormittag blutbesudelt ins Hotel gelaufen kam und vor dem er, Paul, geflohen ist. Ihm wird heiß, aber er fühlt sich verpflichtet, den Mann anzusehen

Obwohl Paul die Röte in seinem Gesicht spürt, erhebt er sich und geht zu dem Herrn hinüber, stellt sich dem überraschten Manne vor.

„Guten Tag, wir kennen uns nicht. Ich bin Paul Hülsebus und habe Sie heute schon gesehen. Darf ich mich zu Ihnen setzen?"

Der Mann weist auf die leeren Plätze an seinem Tisch. Während sich die Kellnerin nähert, um die Bestellung aufzunehmen, rasen in Pauls Kopf die Gedanken hin und her. Was soll er sagen? Einfach, dass er neugierig sei zu erfahren, was geschehen ist, oder von sich erzählen, was er vorhabe und dass er hier lediglich warte auf Wetterbesserung? ‚Das ist so banal wie wahr', denkt Paul. Als die Kellnerin gegangen ist, wartet er einen Augenblick lang in der Hoffnung, der andere möge das Gespräch eröffnen. Als das nicht geschieht, stattdessen kurze Zeit später ein Salat serviert wird, nimmt Paul seinen Mut zusammen.

„Entschuldigen Sie bitte meine Offenheit. Ich habe nur eine Ahnung davon, dass etwas Schreckliches passiert sein muss, so wie Sie ausgesehen haben vorhin. Darf ich den Grund dafür wissen?"

Dem Manne bleibt für Bruchteile von Sekunden die Gabel, an der ein Salatblatt hängt, im Munde stecken. Er zieht die Gabel wieder zurück, legt sie auf den Teller. Das Salatblatt ist ganz schlapp geworden. Der Mann sieht Paul an, schüttelt den Kopf. „Was geht das Sie an?"

Solche barschen Töne sind Paul fremd, so dass er leicht zusammenzuckt. „Wissen Sie, eigentlich geht es mich nichts an. Aber ich bin auf dem Weg nach Cres, die Bora hält mich auf, ich habe es eilig, und nun denke ich, dass auch Sie, von der Insel kommend, ein Problem mit der Wetterlage gehabt haben könnten. Und Ihr Boot ist kaputt, das tut mir leid. Und dann war da noch ein anderer Mann, wie ich hörte, der schwerer verletzt ist als Sie. Das ist doch traurig. (Pause). Hinzu kommt, dass ich vor Ihnen geflohen bin, weil ich das Blut nicht ertragen konnte. Und dafür möchte ich mich entschuldigen."

Paul steht abrupt auf, der Mann fasst ihn am Arm. „Bleiben Sie doch, ich bin auch noch ein wenig durcheinander von den Ereignissen." Er schiebt den Teller von sich. „Außerdem kann ich sowieso nichts essen." Er schiebt den Teller in die Tischmitte.

Paul setzt sich wieder, ist erleichtert. „Manchmal stecken wir in Situationen, die wir selbst hervorgerufen haben, ohne es zu wissen oder zu bedenken. Stimmt doch?" Der Mann sitzt nachdenklich da, sieht dann Paul an, ist aber doch irgendwie abwesend. „Ich hätte heute Abend einen Vortrag zu halten, was ich nun vergessen kann. Ich müsste bei der Einweihung meines zweiten Hotels auf Krk dabei sein, aber ich werde mich vertreten lassen, von wem auch immer, das wird gerade organisiert." Er hält inne, als habe er bereits zu viel gesagt, fährt dann aber fort: „Eine solche Entscheidung gegen alle Vernunft und Warnungen der Freunde zu treffen, das ist typisch für mich, das weiß ich heute durch dieses Unglück. Und ich habe meinen Freund, der mein Boot gesteuert hat, da ich dazu nicht in der Lage war, letztlich in eine große Gefahr gebracht, die er mit seiner Gesundheit bezahlen muss. Ich bin der Verursacher, und deshalb sitze ich noch hier und werde auch hier bleiben. Feige bin ich eben auch." Er sieht Paul in die Augen. „Können Sie sich vorstellen, dass jemand so etwas macht, und warum wohl?"

Paul ist nachdenklich geworden. „Ja, warum wohl", sagt er fast wie zu sich selbst. „Vielleicht ist das eine Art von Allmachtsgefühl, das jemanden dazu bringt, eingebildete Allmacht natürlich. Oder Großmannssucht, die einen verleitet. Da man erfolgsgewohnt gelebt hat über längere Zeiträume, ist die Bodenhaftung verloren gegangen, wenn sie denn jemals vorhanden war. Einfachen Leichtsinn schließe ich aus, dazu sind Sie sicher zu intelligent und wissen genau, was auf dem Spiel steht."

Überrascht blickt der Mann auf Paul und mustert ihn sogar. Er rückt etwas näher, fast flüstert er: „Wissen Sie, wie das ist, wenn man so lebt wie ich, mit Macht und Geld? Da gibt es kaum noch jemanden, der richtig mit einem spricht, sie reden mir alle nach dem Maul, aber ausnahmslos alle. Und warum? Weil sie Angst haben vor den möglichen Konsequenzen, sollten mir ihre ehrlichen Meinungen nicht gefallen. Aber genau das Gegenteil ist es, unter dem ich leide. Niemand sagt mir, was er wirklich denkt. Und dann wird man plötzlich einsam und glaubt, man könne jeden und alles manipulieren. Die warten ja nur darauf, und sie erwarten etwas dafür, Geld, Positionen, Berühmtheitshäppchen, die von meinem Tisch herunterfallen und die ich sie gnädig aufsammeln lasse. In Wirklichkeit ist das ein ganz trauriges Spiel, aber wissen diese Leute, dass ich es weiß und es auch so sehe? Nein, das wissen sie nicht und wollen es auch gar nicht wissen, denn, so glauben sie, dann wären sie nicht mehr meine Freunde. Wie dumm! Wie dumm!"

Er rückt wieder etwas ab von Paul, deutet mit dem rechten Zeigefinger nach draußen.

„Und jetzt zu Ihnen, Herr …?"

„Hülsebus, Paul."

„Also, Herr Hülsebus, sehen Sie mal aus dem Fenster auf die See. Ist das nicht ein dunkler Tag, genauso, wie er begonnen hat? Sollten wir es uns nicht in einer Ecke gemütlich machen, ein Gläschen Wein trinken und mit unseren Geschichten fortfahren? Ich habe keine Verpflichtungen mehr. Ins Krankenhaus nach Rijeka fahre ich morgen. Heute wird mein Freund operiert. Da kann ich nicht zu ihm. Was halten Sie davon?"

Paul ist erleichtert, dass er es gewagt hat, diesen Menschen einfach anzusprechen. Und er würde gern mehr hören und auch von
sich und Anna sprechen. Anna? Wie weit weg ist Anna inzwischen? Doch ist sie da, bei ihm, das weiß Paul. Aber sonst weiß
er nichts. Die letzten Tage sind ohne Datum, ohne Zeit, ohne Ort
und ohne Vergangenheit. Und doch wird er sicher über Anna
sprechen, das fühlt Paul.

„Gern", sagt er deshalb mit einiger Verzögerung. Der Mann sieht
sich um, welcher Teil des Raumes es werden könnte für eine
Unterhaltung zweier Männer, die sich noch kaum kennen, aber
interessiert sind an einander. Er deutet auf die zwei Herren am
Fenster, die im Begriff sind aufzustehen.

„Den Tisch nehmen wir jetzt ein", sagt er mit einem verschwöre-
rischen Lächeln zu Paul. Paul nickt ein wenig abwesend. Die
Männer verlassen grüßend das Restaurant. Paul und der vorerst
für ihn noch rätselhafte Mensch ziehen um, die Kellnerin wird um
eine Flasche hiesigen Rotweins gebeten.

VI Dirks Wankelmütigkeit findet ein Ende

Der Mann, der jetzt gerade die Fußgängerbrücke vom Freizeithafen zur Innenstadt betritt, versucht gar nicht erst, gegen den aufkommenden Wind anzukämpfen. Weder zieht er den Kopf ein, noch beschleunigt er seine Schritte. Wenn eine Böe ihn erfassen würde, so wäre es ihm auch egal. Meinungs- und auch hoffnungslos schleicht Dirk sich an die andere Seite des Ufers, hält einen Moment inne, als müsse er eine Richtungsentscheidung treffen, rechts geht es zum Bier, links auch, aber das wäre gleichzeitig der Weg nach Hause. Den will Dirk nicht einschlagen.

Diese Woche wird bald zu Ende gehen und damit ist die Hälfte seines Jahresurlaubs vorbei. Das bedeutet nicht, dass Dirk schon an den ersten Arbeitstag denkt, er ist mit wichtigeren Gedanken unterwegs. Was ist schon ein Arbeitstag, wenn es um Entscheidungen geht, die Konsequenzen nach sich ziehen. Sein Leben bröckelt gerade vor ihm auseinander, und das wegen eines Mannes, der nicht sein Freund sein konnte, der jetzt aber für tot erklärt wurde, weil Dirk, nämlich er, der hier durch die Straßen dieser Kleinstadt geht, dem man nichts davon ansieht, was ihn bewegt, dieser Mann ist, der sich doppelt schuldig fühlt, da er

Paul zweimal verraten hat. So hart urteilt Dirk über sich selbst. Der Weg zum Bier führt zum Lokal ‚Schöne Aussichten'. Dirk spürt wieder einmal, dass der gewählte Name nicht richtig sein kann. Hier hat man eine schöne Aussicht aufs Wasser und auf alles, was sich dort bewegt, auch auf die Häuser am anderen Ufer. Auch auf das von Paul und Anna, fällt ihm ein. Sein Blick bleibt auf Annas Terrasse hängen, er will das nicht, wendet sich ab.

Schöne Aussichten sind das, was in den nächsten Tagen, Wochen auf ihn zukommen kann durch Pauls Tod. Aber das ist eben etwas völlig anderes als eine schöne Aussicht. Das wird ihm wieder klar.

Langsam nimmt Dirk die Stufen, die zur Terrasse führen. Es brummelt und wimmelt auf der unteren Terrasse, klar, die Ferien gehen zu Ende, das Wetter ist doch genau so, wie es sein sollte Ende Mai. Dirk sieht und hört die vielen lauten Menschen, wie sie zu zweit oder viert an den zahlreichen Tischen sitzen.

Für ihn gibt es keinen Platz, eine Kellnerin schüttelt den Kopf (Dirk ist hier bekannt) und zeigt auf die nächst höhere Etage. Dirk wendet sich um und steht nach ein paar Schritten hinauf wieder vor besetzten Tischen. Ein einziger Platz, auf dem er fast ins Efeu abtauchen kann, wird dann sein Platz. Höflich fragt er nach dem freien Stuhl, ob der auch wirklich frei sei. Ja, das ist er. Nun folgen laute Stuhlbeingeräusche, der Tisch wird hin- und hergeschoben, vor und zurück, bis Dirk endlich sitzen kann und auch noch dem aufdringlichen Efeu entkommen ist.

Die Luft hier oben ist eher schwül als angenehm warm und wird leider nicht durch Windböen aufgewirbelt. Es dauert einige Minuten, bis eine Kellnerin sein Handzeichen richtig deutet. Dann sitzt er selig bei seinem Hefeweizen. Die Versuche der Tischnachbarn, ihn ins Gespräch einzubeziehen, lassen ihn kalt, obwohl er nicht unhöflich sein möchte. Aber er kann nicht zu einem Geplänkel übergehen, und dann noch mit ihm unbekannten Menschen aus dem deutschen Süden. Ihre Laute hören sich wie Schwäbisch an, sind schwer verständlich für ihn. Wenn es wenigstens Niederländer gewesen wären, die sonst auch gern hier herkommen! Aber man kann ja nicht immer Glück haben.

Dirk bestellt das zweite Weizen, das dritte, das vierte. Und nun weiß er, dass ihm alles scheißegal ist. Wenn Anna nicht mitmacht, dann wird er auf eigene Faust recherchieren, ist auch besser so, dann braucht er ihr die Sache mit dem Tattoo gar nicht mehr beizubringen. Wer weiß, was dann nämlich los wäre! Als er auf die Uhr sieht, zeigt diese ihm, dass eine Stunde vergangen ist. Für Dirk ist es nicht neu, dass die Zeit nicht nur schnell vergeht, wenn er trinkt, sondern dass auch sein Verstand klarer wird, so klar, dass es manchmal weh tut. Das ist kein Widerspruch für ihn, wie man denken könnte. Nein, das Gegenteil ist der Fall. Er ist ganz er selbst und kann zeigen, was in ihm steckt, was ihm gefällt oder nicht, und das Schönste daran ist, er ist auch mal in der Lage sich zu äußern.

Eine wichtige Schranke fällt, und das erleichtert ihn heute noch genauso wie früher. Ihm ist bewusst, dass er ein Trinker ist, aber auch, dass er nicht randaliert oder sich auf Prügeleien einlässt, wie das seine ostfriesischen Nachbarn an jedem Wochenende gerne tun. Sie verlassen ihre roten Backstein-Häuser dann mit dem festen Willen, um jeden Preis etwas zu erleben. Das ist, so sagt sich Dirk, in jeder Kleinstadt so, und er lebt nun mal in Ostfriesland, und den Teufel wird er tun, diesen Teil der Republik mit seinem Urteil zu verschonen. Dabei hat er gar nicht mitbekommen, dass er inzwischen einen Tisch für sich allein hat. Die Hektik der vergangenen Stunden hat einer Ruhe Platz gemacht, die für Dirk nicht akzeptabel ist. Die Bedienung ist nur noch selten zu sehen, und als er endlich durch heftiges Gestikulieren auf sich aufmerksam machen kann, fällt er fast mit dem Stuhl um. Er wechselt auf einen Platz mit besserer Sicht auf das Wasser, vorn an der Terrassenbrüstung. Auch auf der unteren Terrasse sind die Gäste abgewandert. Was ist los? Der Blick aufs Wasser gibt keinen Aufschluss, wohl aber die ersten dicken Regentropfen, von denen bereits vier auf Dirks Nase aufgeschlagen sind, die nun immer zahlreicher werden, so dass ihm nichts übrig bleibt, als ins Innere des Hauses zu fliehen. Dort sitzen ziemlich viele Gäste, das Stimmengewirr und die schlechte Luft mit den Dünsten aus der Küche reichen aus, um Dirk sofort die Rechnung begleichen zu lassen, um woanders Zuflucht zu suchen. Gesagt, getan. Einen Schirm hat er natürlich nicht bei sich. Wer konnte das auch wissen.

Als Dirk die Straße überquert, stellt er fest, dass die Regenwolke nicht mehr viel Nässe hergeben kann. Was er auch noch feststellt, ist sein leichtes Schlingern, das nicht einfach durch Gegensteuern auszugleichen ist. Er kennt dieses Bewegungsmuster nur zu gut, klar doch, denn nicht wenige seiner Vorfahren waren Schiffer, und das ist Erklärung genug und nichts Ehrenrühriges.

Was man nicht alles in die Wiege gelegt bekommt und dabei nicht den Hauch einer Mitbestimmung besitzt. Das ist sehr ungerecht, findet Dirk. Und je älter er wird, umso mehr ist er davon überzeugt, weniger begünstigt zu sein als viele seiner Altersgenossen.

Es ist kein Neid, der ihn plagt, sondern die nicht zu leugnende Tatsache, dass er mit fast 50 Jahren weder Hund noch Katze und auch keine eigene Familie befehligt. Und wie gern würde er für jemanden sorgen, mit Rat und Tat zur Stelle sein, um zu helfen. Wenn er sich umsieht in den Familien, denkt er so manches Mal daran, wie schwierig und verantwortungsvoll eine solche Entscheidung auch sein kann, und dann ziehen Zweifel auf, ob gerade ihm hätte gelingen können, woran andere Menschen so häufig scheitern.

Bei dieser regelmäßig aufkommenden Frage, die sich von ganz tief innen den Weg in sein Jetzt bahnt, wird ein weiteres Bier fällig, um seine Gedanken wieder in die richtige Ordnung zu bringen. Und dann fällt ihm Anna ein, die Frau von 40, die gerade ihren Mann für immer hergeben musste, sich jedoch scheinbar rasch damit abgefunden hat und weiter so leben wird wie bisher.

Was bleibt dann eigentlich von den 10 Jahren? Wieder eine der Fragen, die sich Dirk seit ein paar Tagen unerwartet auf die Zunge schieben. Leider gibt es niemanden, den er persönlich befragen könnte. Seinem Großvater, wenn der noch lebte, dem würde er diese Frage stellen dürfen und eine aufrichtige Antwort wäre ihm sicher gewesen. Sein Großvater, das weiß er aus eigener Erfahrung, hielt eine Menge vom Genever, nicht nur das, er hat seinem Enkel auch erzählt, dass er deshalb so gern nach Holland fuhr. Er hatte gute Beziehungen dort hin und, das war das Wichtigste, er war der erste Mann im Ort, der einen Pkw besaß, was seinem Drang nach Unabhängigkeit den rechten Schub gegeben hatte und ihm nicht zuletzt viele kleine Fluchten ermöglichte, ein großer Schritt vielleicht in eine bessere Zukunft.

'Was einem so alles einfällt, wenn man ans Denken kommt, von Hölzchen auf Stöckchen, so nennt man das wohl', räsoniert Dirk vor sich hin, und da steht er auch schon vor dem Pub, vor seinem Pub, genauer gesagt. Beim Öffnen der schweren Eingangstür schwankt er ein wenig, kaum wahrnehmbar. Dann tritt er ein in den unterbelichteten Raum, der seinem Gemütszustand an diesem frühen Abend voll und ganz entspricht. Aber er geht mit gestrecktem Rücken, das Kinn ein wenig vorgeschoben, ohne nach rechts oder links zu sehen, geradewegs zu seinem Stammplatz an der irischen Theke, klopft dreimal laut mit der rechten Faust auf das Holz, rückt einen freien Barhocker für seine Anforderungen zurecht, schaut sich erst dann um, grüßt großmütig nach links und rechts, ist nicht einmal zu träge, eine 180-Grad-Drehung zu vollziehen, nickt lässig dem Wirt zu und wird prompt bedient mit dem von ihm bevorzugten rötlichen Kilkenny.

Sein vorletzter Urlaubstag trägt als Markenzeichen ein Versprechen, das Dirk sich an diesem Donnerstag feierlich selbst geben wird. Niemand wird davon erfahren, schon gar nicht die merkwürdige und unaufrichtige Anna. Dirk ist nicht dumm. Das sollte niemand glauben. Er benötigt nur ein wenig mehr Zeit als andere. Das habe ich mit Paul gemeinsam, freut sich Dirk. Ein zweites Kilkenny wird ihm über den Tresen gereicht. Dirk sieht auf die Uhr. ‚So früh ist es noch', wundert er sich. Der Urlaub ist nicht zu Ende, auch wenn dieser Abend noch hier in diesem Lokal in den Freitag übergehen würde, Dirk hat Zeit. Als das dritte Bier fällig ist, bittet er den Chef um Papier und Bleistift und zieht sich in eine der ruhigeren Nischen des Pubs zurück. Überhaupt, so sieht es Dirk ganz klar, ist hier am Abend wenig los. Ihm ist es recht so.

VII Paul, reisefertig

Früher Morgen, blau der Himmel, geschäftiges Treiben unten auf der Terrasse. Wie sich alles verändert durch das Licht, den fehlenden Wind, der keine Wolke mehr zwingt, sich ihm zu ergeben und dorthin zu jagen, wohin er sie haben will. Vorbei die Wartezeit, manchmal verlorene Zeit, heute nicht, denkt Paul, als er sich vom Fenster wegbewegt, um seine kleine Reisetasche zu schnappen, da er unten im Foyer von Peter erwartet wird.

Es war spät geworden am Abend zuvor, schon der zweite Abend, den er mit Peter verbracht hatte, der viel von sich preisgegeben und kaum zu bremsen war, so angefüllt war dieser mit Worten, Geschichten, Erlebnissen, die er loswerden wollte, als säße er vor dem Größten aller Richter und hätte sich entschieden, nichts als die Wahrheit - und nur die - zu berichten. Was ganz oben auf dem Berg der Ereignisse als schwer lastendes Paket noch zusammengeschnürt gelagert und sich während des letzten Abends ein wenig gelockert und vielleicht auch an Gewicht abgenommen hatte, das war der leichtfertige Bootsausflug, an dessen Ende statt der Hoteleröffnungsfeier nun der beste Freund als Patient auf dem Tisch eines hoffentlich fähigen Chirurgen lag, der nun mal kein deutscher Arzt der Extraklasse war, sondern ein Kroate, unter denen es einige gab, die in Deutschland studiert hatten und nach dem letzten Krieg wieder in ihre Heimat zurückgekehrt waren. In Rijeka gibt es gute Privatkliniken, das hatte Peter schnell herausgefunden trotz des Schocks, unter dem er stand.

Am Nachmittag dieses Freitag charterte er einen Hubschrauber, um keine Zeit zu verlieren, seinen Freund zu sehen, zu erfahren, was ihm geschehen war und ihn zu trösten und letztlich um sich zu entschuldigen, so gut es ihm zu diesem Zeitpunkt möglich war. Alles Weitere musste warten.

Paul war ein geduldiger Zuhörer, er analysierte das, was Peter erzählte und reduzierte alles auf einzelne Fakten, die bei ihm sicher aufgehoben waren.

Davon bemerkte der Mann, der seiner Meinung nach, wie er erklärte, Schuld auf sich geladen hatte, nichts. Nicht, dass Paul ihm das Gefühl vermittelt hätte, gegen eine seelenlose Wand zu sprechen, so war es nicht. Paul war nun einmal nicht redselig und gehörte nicht zu der Kategorie derjenigen, die immer wussten, was zu tun war, die ungefragt Ratschläge aus der Tasche zogen und einem Betroffenen Mut zu machen glaubten, indem sie ihm versicherten, 'nichts werde so heiß gegessen, wie es ge-kocht worden war'. Paul war anders, eben auch bei solchen An-lässen, ob es ihm bewusst war oder nicht.

Er hatte zwischendurch den Drang nach Schlaf verspürt, wusste jedoch, dass er in diesem Fall um nichts in der Welt dem Drang würde nachgeben können. Denn wenn ein Mensch doch sein In-nerstes nach außen zu kehren bereit war, dann ging man nicht einfach zu Bett. Keine Entschuldigung hätte Paul zu finden ge-wusst in jener Nacht. Also blieb er.

Bevor die beiden sich dann zur Nachtruhe zurückgezogen hat-ten, war vereinbart, dass sie gemeinsam früh mit einem Taxi nach Valbiska zur Fähre nach Cres aufbrechen würden. Vorher wollte Peter noch einmal Kontakt mit dem Krankenhaus aufneh-men, um über den Arzt seinem Freund die Abreise nach Cres ausrichten zu lassen, aber vor allem, um über den Zustand nach der schwierigen Operation zu erfahren.

Als Paul das Taxi sieht, das sie nach Valbiska zur Fähre bringen wird, kommt Peter gerade die Treppe herunter und deutet mit dem nach oben zeigenden rechten Daumen an, dass es ihm und damit wohl auch seinem Freund gut gehe. Dann steigen beide in das Taxi. Die Uhr im Fahrzeug zeigt kurz nach zehn Uhr. In einer halben Stunde wird die Fähre ablegen. Das wissen alle drei Insassen.

Von Hektik ist keine Spur zu erkennen, ebenso wenig von Müdigkeit. Peter und Paul sind beide auf ihre eigene Weise von einer Gelassenheit erfasst, die sie sich Vortags nicht haben vorstellen können. Sie sind sich zwar fremd, aber doch in den zwei bewegenden Tagen sehr nahe gekommen, was kein Widerspruch sein muss.

Auf der Rückbank des Taxis bequem sitzend, hängt jeder seinen Gedanken nach. Nicht einmal Paul fühlt sich aufgerufen, aus dem Fenster zu sehen. Er ist momentan nicht auf Entdeckungen aus. Seit ihm klar geworden ist, dass er derjenige ist, der auf Peter zugegangen ist und nicht wie sonst umgekehrt, ein Fremder auf ihn, macht ihn seine Situation, in die er hineingestolpert ist, die er nicht beabsichtigte, aber gegen die er sich auch nicht gewehrt hat, nachdenklich, ja auch ein wenig euphorisch.

In seiner Persönlichkeit, er fühlt es deutlich, ist etwas zerrissen, vergleichbar einem Vorhang, der ihm bisher vieles im Leben verborgen haben könnte. So kommt es, dass Paul nicht das Gefühl hat, etwas werde ihm gewaltsam aufgedrängt. Im Gegenteil, eine Art von Befreiung hat ihn erfasst, auf die er bereit ist sich einzulassen. Eine genaue Deutung behält Paul sich vor. Als erstes Ziel ist nach wie vor das Erreichen seiner Insel Cres in seinem Denken. Und es trennen ihn knappe zehn Minuten vom Erwerb der Fahrkarte. Das Städtchen Valbiska rechts liegen lassend, geht es jetzt bergab zum kleinen Hafen. Bevor Paul sein Portemonnaie aus der Hosentasche ziehen kann, hat Peter bereits dem Taxifahrer das Fahrgeld überreicht und geht schnellen Schrittes auf den Kiosk zu, in dem die Karten für die Überfahrt nach Merag auf der Insel Cres, verkauft werden.

Paul folgt ihm, die nicht sehr lange Fahrzeugschlange im Auge behaltend. Peter zieht Paul fröhlich mit sich auf das Schiff der Gesellschaft Jadrolinja. Beide streben sie unabgesprochen dem Oberdeck zu und bleiben an der Reling stehen. Ihre Blicke treffen sich. Paul nimmt erstmalig Peters braune Augen wahr, die ihn ein wenig freundlich und neugierig mustern.

"Das habe ich vor zwei Tagen nicht geahnt, dass ich jetzt mit dir hier stehen würde, Paul, anstatt auf Krk eine endlos lange und dumme Rede zu halten, für die es bessere Leute als mich gibt, die unbedingt ihre Zeit verplempern und ein wenig Geld dafür haben möchten. Ich bin einerseits froh, dass alles so gekommen ist, ich bin aus der Zeit gefallen und habe dabei noch einen Menschen wie dich kennengelernt."

Ehe Paul die Zeit hat, zu überlegen, um auch etwas zu sagen, hat Peter schon seine Hand auf Pauls Schulter gelegt und ihn kurz, aber kräftig gedrückt.

'Was muss ich jetzt tun?' Paul ist verwirrt. Ihm wird ganz heiß. Er sieht starr auf die gegenüberliegende Seite, auf Cres hinüber, wo er den Hafen von Merag zu erkennen glaubt. Er hat nicht Mut genug, sich zu bewegen. Paul wundert sich dann doch einen Moment über sich selbst, dass er nichts Unangenehmes in Peters Geste findet.

Die Annäherung an Cres lässt Paul einen kurzen Augenblick lang vergessen, dass er nur Handgepäck und nicht sein vertrautes Wohnmobil bei sich hat. Und ein kleiner Anflug von Panik will sich gerade breitmachen bei der noch ungeklärten Frage seiner Unterkunft nicht nur an diesem Tag, sondern für unbestimmte Zeit, als Peter sich an ihn wendet. "Du, Paul, die werden gleich alle zu ihren Fahrzeugen stürmen, lass' uns schon mal vorgehen, dann können wir aus dem Gewühl verschwinden und ein Taxi finden." Paul nickt, schaut aber weiter hinüber zur näher rückenden Insel Cres, seine Reisetasche an sich drückend. Peter nimmt ihn leicht beim Arm. „Du bist so verträumt, siehst du jemanden, den du kennst oder gern sehen möchtest?"

"Ich, nein, das nicht, ich dachte gerade an mein Wohnmobil. Das steht ganz verlassen in Köln. Schade. Ich könnte es hier gut gebrauchen." Er sieht Peter so ernst an, dass dieser lachen muss, ohne ihn jedoch auszulachen. "Du guckst mich an wie ein trauriger Seehund, der ganz allein auf einer Sandbank gestrandet ist."

"Aber so fühle ich mich auch, wie kannst du das erkennen?"

"Das ist keine Kunst, das sieht doch jeder hier. Das sagt dir nur niemand außer mir, und ich tue es, weil ich glaube, dass du es mir nicht übel nimmst, oder etwa doch?"

"Komm, Peter, wir gehen hier schnell weg. Ich muss nochmal darüber denken, aber später."

Sie gehen gemeinsam die Treppen hinunter bis vor die erste Reihe der Fahrzeuge. Dort ist es jetzt sehr laut, so kurz vor dem Anlegen. Die Besatzung ist dabei, die Taue aufzunehmen, sie an

Land zu werfen, damit sie um die Dalben gewickelt werden können. Den Motor hört man nicht mehr, dafür ruckelt es ab und zu. Dann ist es so weit. Die vordere Öffnungsklappe wird herunter gelassen. Paul hält sich die Ohren zu. Ihm ist nicht wohl bei diesen laut scheppernden metallischen Geräuschen. Peter nimmt das gar nicht zur Kenntnis. Hinter ihnen starten gleichzeitig große und kleine Pkw und Lastwagen ihre Motoren. Sie wollen endlich auf die Insel. Die Fußgänger werden herausgewinkt und setzen sich in Bewegung, den Blick auf die zahlreichen Gesichter am Kai gerichtet, absuchend, abtastend, ob nicht einer auf sie warte.

Paul bemerkt, wie sein Begleiter einige Leute grüßt. Er ist bekannt hier, denkt Paul. Peter geht jetzt voraus, er ist auf der Suche nach einem Taxi. Paul beschleunigt seinen Schritt, gleichzeitig versucht er seine Sonnenbrille aus der Tasche zu ziehen, um nicht länger geblendet zu werden an diesem Vormittag. Peter freut sich offensichtlich, dass er Paul die Tür eines Taxis aufhalten kann. ‚Wie einfach alles ist', denkt Paul. Peter scheint keine Probleme zu haben. ‚Wie macht der das nur, gestern war er noch so unglücklich, jetzt sieht man ihm nichts mehr davon an. Dabei ist doch das Ärgste noch nicht durchgestanden', sinniert Paul.

VIII Peter und Paul

Während die Männer es sich gemütlich machen, geht die Fahrt im Taxi langsam den Hügel hinan. Paul sieht auf seine Hände. Er schaut nicht aus dem Fenster. Er denkt an Peters beschreibende Worte und gibt ihm Recht. Er ist alles andere als fröhlich. Wie konnte er so dumm sein, das Wohnmobil in Köln auf dem Campingplatz stehen zu lassen! Alles war auf den Kopf gestellt. Was seine Ordnung im Leben für ihn bedeutet hatte, war aufgelöst in tausend Einzelteile, ein Puzzle, das er nie wieder würde zusammensetzen können. Die dünne Schale seiner Sicherheit im Leben war in dem Augenblick geplatzt, als er seine Frau hatte gehen lassen. Aber sie wollte das, er hätte sie nicht aufhalten können. Oder doch?

Nie zuvor hatte es bei ihnen eine solche Atmosphäre gegeben. Paul konnte sich nicht erinnern, wie es angefangen hatte. Es musste von Anna ausgegangen sein, die sich unverstanden und nicht mehr wohl fühlte in seiner Gegenwart. Sie hatte Worte verwendet, die er von ihr niemals vorher gehört hatte. Was hatte er also falsch gemacht, dass nach wenigen Urlaubstagen am Rhein alles auseinanderbrach, was für ihn die wichtigste Garantie für ein angenehmes und sicheres Leben mit Anna immer gewesen war. Sie lebten beide mit Wohlwollen dem anderen gegenüber. Es gab weder einen Wettbewerb, noch eine grundsätzlich nicht zu lösende Frage in Bezug auf ihr Zusammenleben. Kleine Streitigkeiten waren früher schon mal entstanden, weil er eben anders war und anders dachte als sie, auch weil er kaum das Bedürfnis verspürte, mit ihr über belangloses Zeug, wie er es nannte, zu sprechen. Belanglos für ihn, nicht für sie, das hatte er später erfahren. Wie aber sollte er das ahnen können. Anna war immer freundlich und fröhlich zu allen Menschen, ihn eingeschlossen. Was fehlte ihr zur vollständigen Zufriedenheit? Er war sich sicher, dass es so etwas sowieso nicht gab. Also musste man sich damit auch nicht herumplagen. Das war seine Logik, und diese schien Anna auch akzeptiert zu haben.

„Ich bin aber traurig", sagt er plötzlich laut, ein wenig trotzig, sich an Peter wendend. Der ist der vorbeiziehenden Landschaft gefolgt, hängt noch den Ereignissen nach, die ihm diese schwerwiegenden Folgen auferlegt haben. Leichtsinn ist für Peter immer etwas gewesen, was er gar nicht zu seinen Eigenschaften zählte. Dessen ist er sich auch jetzt noch sicher. Was ist es dann, fragt er sich. Es ist ihm mehr als ein Anliegen, das zu ergründen, schon seines Freundes wegen, der nun im Krankenhaus liegt.

Das tut Peter weh, aber gleichzeitig bedauert er sich selbst ein wenig. Immerhin hätte sein Freund auch ein klares Nein sagen können zu dem Vorhaben, von Cres mit dem Boot nach Krk zu fahren, denn der Wetterdienst hatte davon abgeraten und der Hafenmeister sie beide eindringlich davor gewarnt. Jetzt ist es zu spät, und Peter wird entsprechend seiner Art das Beste aus der Situation machen. Peter hört Pauls Worte kaum, begreift dann aber, dass dieser Mann mit ihm sprechen will. Er wendet sich ihm zu.

„Hast du gerade traurig gesagt?" Er sieht Paul an, der jetzt energisch nickt. „Und wieso kommt das so plötzlich über dich, wir sitzen doch hier recht gemütlich? Was hat dich dazu getrieben, das möchte ich gern wissen."

‚Wenn er nur aufhört, mich anzusehen`, hofft Paul. Er sieht angestrengt aus dem Seitenfenster. Alles wirbelt an ihm vorbei, es gilt Fahrtunterbrechung wegen Übelkeit abzuwenden. Aber er sagt nichts und versucht zu unterdrücken, was ihn quält. Peter erwartet keine Antwort mehr, schweigt ebenfalls, fragt sich, warum der Fahrer es plötzlich so eilig hat und die Geschwindigkeit, die ohnehin schon recht hoch war, noch weiter erhöht. In dieses

Gewusel ertönt ihm Pauls Stimme fast anklagend und sonderbar laut, so laut, dass er den blassen Paul erschrocken und fragend ansieht.

„Normalerweise komme ich mit dem Wohnmobil hier her. Und das ist immer die schönste Zeit im Jahr für mich gewesen. Und jetzt sitze ich hier mit dir in einem Taxi und fahre auf den Campingplatz Kovacine."

Er schaut Peter erwartungsvoll an, als hätte er etwas sehr Wichtiges von sich gegeben. Peter reagiert gar nicht mehr. Ihm ist der jähe Stimmungswechsel dieses Mannes fremd. Das beunruhigt Paul und er schiebt eine Erklärung hinterher: „Ich bin mit Anna verheiratet. Einmal im Jahr komme ich allein hierher. Anna mag diese weite Strecke von Leer bis hierher nicht. Sie arbeitet in Oldenburg und ist vielleicht auch ganz froh, mal eine Zeit allein zu sein. Ich kann mir meine Arbeitszeit selbst einteilen. Ich verkaufe Designerbrillen, sehr teure Sonnenbrillen, musst du wissen."

Ein Seitenblick auf Peter zeigt ihm, dass dieser wieder zuhört. Aber Peter sagt nichts, hat keinen Kommentar, fragt auch nichts. Paul ist ein wenig enttäuscht, überlegt, ob er Peter direkt fragen solle, was mit ihm los sei. Diesen Gedanken verwirft er jedoch wieder.

Paul drückt sich so tief wie möglich in die Polster und spricht nicht weiter. Er sieht auf die Uhr und dann auf die Straße. Zum ersten Mal gibt es jetzt ein Hinweisschild zum Campingplatz. Da ist Paul wieder ganz bei der Sache. Er zieht Peter am Ärmel. „Gleich sind wir da!" Peter nickt nur.

‚Was ist plötzlich mit Peter los'. Paul ist ganz unruhig, er rutscht auf dem Sitz hin und her. „Steigst du auch an der Rezeption aus, Peter?"

Peter sieht ihn fragend an: "Wo denn sonst?"

Paul weiß auf einmal gar nicht mehr, wie es weitergehen soll. Er wird eines der kleinen Strandhäuser mieten müssen, hoffentlich ist noch eines frei, denkt er. Diese Häuser, besser Häuschen, gehören zu den älteren auf dem Platz und passen seiner Meinung nach nicht auf einen Campingplatz, die neuen noch weniger. Andererseits kann, wer will, mit dem Flugzeug anreisen, wird vom Flughafen abgeholt für wenig Geld und hat doch ein paar Tage mehr vom Urlaub, je nach Anreise. Jetzt, wo Paul darüber nachdenkt, fällt ihm ein, dass er das auch hätte machen können, nämlich sich vom Flughafen abholen lassen, nachdem er zuvor telefonisch gebucht hätte. Wäre einfacher gewesen. Was ihn beruhigt, ist, dass Peter auch nicht daran gedacht hat. Klar, nach all diesen unruhigen und aufregenden Tagen hatte er wichtigere Entscheidungen zu treffen. Und sie sind bisher der Bora entkommen. Das bedeutet noch lange nicht, so denkt Paul, dass der Spuk sie nicht wieder einholen wird. Er sieht noch, wie der Taxifahrer die letzte Abbiegung nach links vornimmt, er sieht die Farbenpracht der Frühlingsblumen, die ihm auf beiden Seiten der Straße entgegen leuchten, auf ihn zukommen. Er freut sich, als der Fahrer auf einen der vor der Schranke liegenden Parkplätze fährt, um die Abrechnung abzuwickeln.

Paul bemüht sich, dieses Mal beim Zahlen der Erste zu sein, was ihm ganz knapp gelingt unter dem Lachen Peters, der wieder aufgetaut ist. ‚Das geht auch gar nicht anders', denkt Paul.

Als sie mit ihrem kleinen Gepäck ausgestiegen sind, strecken sich die beiden Männer, atmen tief ein und aus, einmal, zweimal, bedanken sich noch beim Fahrer, der davonfährt, vorher den Himmel absuchend nach Spuren der Bora, von der aber in diesem Augenblick nichts zu sehen ist. Angekommen! Und jetzt?

Paul steht unentschlossen da, die Hand am Kinn, sieht er Peter fragend an. Für den ist alles klar.

„Wir gehen da jetzt hinein, dein Wohnmobil ist ja nicht zur Verfügung, und mieten uns eines dieser kleinen Mobilheime unten in der ersten Reihe über der Promenade, da ist wenigstens etwas Bewegung, man sieht Leute, die urigsten Typen, auch Kinder, Hunde, Sportler vor dem Zusammenbruch, Rentner mit dicken Bäuchen, schöne junge Frauen, nette alte Frauen, es gibt viel zu lachen oder auch zu weinen. Aber Letzteres wollen wir doch nicht, oder, lieber Paul?"

Paul, der all die Bilder ganz nah an sich vorbeiziehen sieht, fühlt sich in dem Moment wie in einer Achterbahn oder, schlimmer noch, in einer Geisterbahn. Er verzieht das Gesicht. „Aber das will ich nicht, das habe ich gerade beschlossen!"

„Was sollen wir denn sonst tun, uns in dem Hotel oben einnisten? Nee, da kriegst du mich nicht hinein. Hast du schon mal gesehen, wer dort ein- und ausgeht? Na, unten an der Promenade fühle ich mich besser, wenn ich schon nicht zuhause sein kann."

Da wird Paul wach, denn Peter hat ein großes Haus in Cres. warum bleibt er dann auf dem Campingplatz? Er traut sich nicht zu fragen, das geht ihn nichts an, denkt Paul, aber er hätte es schon gern gewusst.

Peter zieht ihn mit in das Foyer, in dem an drei Schaltertischen hübsche junge Frauen sitzen. Als die beiden näher kommen, hebt gerade die kurzhaarige Angestellte mit dem schwarzen Haar und den blauen Augen den Kopf, lächelt und spricht Paul spontan an. „Guten Tag, Herr Hülsebus, ich wusste gar nicht, dass Sie kommen, ich habe Ihre Anmeldung gar nicht gesehen." Fragend blickt sie ihn an. Paul tritt einen Schritt zurück und sieht auf Peter. Der ist schon beschäftigt mit der Buchung eines Heims, und wie Paul hört, für sie beide.

Paul weiß nicht, was er zuerst tun soll: der netten jungen Dame antworten oder Peter davon abhalten, für ihn mitzubuchen. Resignierend, mit hängenden Schultern, steht Paul wie ein Schuljunge vor dem Schalter, der gar keiner ist, sondern ein moderner Computer-Arbeitsplatz auf einem polierten Holztresen.

„Ich muss mich hier ein paar Tage erholen von meiner Arbeit", beginnt er den Faden wieder aufzunehmen. Immer wieder fliegt sein nervöser Seitenblick auf Peter, der ganz ruhig erledigt, was erledigt werden muss.

„Wo möchten Sie denn mit Ihrem Wohnmobil stehen, Herr Hülsebus? Wie immer im Textilbereich?" Paul sucht nach Worten. „Ich glaube, ich bin bereits verplant von dem Herrn nebenan." Er deutet auf Peter. Peter winkt ihm, herüberzukommen. „Ich brauche Deine Daten."

„Sehen Sie, so schnell geht das, ich bin mit dem Herrn dort hier angekommen. Wir bleiben beide hier." „Aber was ist mit dem Wohnmobil", möchte die Dame gern wissen. „Das steht in Köln auf einem Campingplatz. Ich bin mit dem Flugzeug hier auf Krk gelandet."

„Da hätten Sie uns doch anrufen können, wir sind immer dort für unsere Gäste."

„Ja, aber die Bora war schon ziemlich heftig. Hier sieht es etwas besser aus, denke ich", sagt Paul und geht zu Peter hinüber. Der will nur noch eine Unterschrift, dann erhalten sie den Schlüssel. Paul geht das alles viel zu schnell, er kommt da nicht mit. Aber was kann er jetzt tun? Ihm fällt nichts mehr ein, als Peter weiterhin an seiner Seite ertragen zu müssen. „Es gibt sicher Schlimmeres." Das sagt er leise vor sich hin. Peter hat etwas gehört und fragt nach. „Ich habe nichts gesagt." Wortlos gehen sie dem ausgehändigten Plan nach und finden nach einem doch etwas länger dauernden Spaziergang auf der Promenade das gemietete Haus. Während Peter die Tür aufschließt, steht Paul nachdenklich auf der kleinen Terrasse, blickt über die Promenade hinweg auf die wild anrollenden Wellen und versucht sich vorzustellen, wie er nun mit Peter die nächsten Tage hier verbringen wird. Als er dann das Haus betritt, findet er Peter auf einem der Betten sitzend vor. So nachdenklich hat Paul diesen Mann vorher nicht gesehen. Er geht zu ihm, legt ihm die Hand auf die Schulter, für eine Weile, bis er merkt, was er da tut.

‚Vielleicht hat Peter doch mehr erlebt, als er erzählt oder wahrhaben will', denkt Paul.

Er nimmt seine Tasche, holt die Teile einzeln heraus, begutachtet sie. Da fehlt doch eine Menge, stellt er fest, als es plötzlich ganz jämmerlich aus seiner Jackentasche piept. Das Handy hatte er vergessen, jetzt ist die Batterie leer. Er erinnert sich nicht das Ladekabel mitgenommen zu haben, weiß jedoch, dass er viele kleine, sich wiederholende Tätigkeiten selten ausfallen lässt. Die seien wie eingebrannt, hatte Anna einmal geäußert. Sein Gedanke an die Nacht, die er mit Peter zu überstehen hat, überlagert die sofortige Beschäftigung mit dem Telefon. Und auch, dass er einkaufen gehen muss. Nicht nur im Supermarkt, sondern auch in einem Textilgeschäft am Hafen. Peter hat seine Haltung indes nicht aufgegeben, er sieht zu Paul hinauf, der sehr geschäftig wirkt, aber Peter aus seinem Dasein für einen Moment hat verschwinden lassen. ‚Was muss ich aus Peters Gesicht lesen', fragt sich Paul und versucht sich an die Tests, die Anna mit ihm stunden- und tagelang geübt hat, wieder zu erinnern. Allein das zu erkennen, was ein Mensch, der ihm gegenübersteht und ihn ansieht, denken oder gar empfinden könnte, ist eine der schwersten Lehrstunden für Paul gewesen.

Als hätte er das Zweifeln und Suchen geahnt, springt Peter mit einem Satz auf und steht Paul gegenüber, fasst ihn an den Schultern, sieht ihm in die Augen. „Ich kenne dich nicht, Paul, aber ich weiß, dass wir es schaffen werden, gemeinsam, hier auf der Insel, uns von unseren Problemen zu verabschieden, ohne viele Federn lassen zu müssen."

Paul sieht ihn an, er hat nichts von dem verstanden, was der Mann da für ihn geplant hat. Er macht sich frei von Peters Händen. „Ich muss Anna finden, das ist alles, was ich möchte oder will, und ich bin hier, um Ruhe zu haben für die Entscheidungen, die ich treffen muss."

Peter nickt, ein wenig beruhigt. „Genau, das ist es, was ich meinte."

Ungläubig staunt Paul den Mann an. „Ich habe nichts von dem verstanden, was du gesagt hast, Peter. Du hast deinen Freund im Krankenhaus in Rijeka und ein Hotel auf Krk, um das du dich kümmern musst. Ich tue alles, um Anna zu finden und wieder mit ihr zusammen zu sein. Das ist doch nicht miteinander zu vergleichen, oder?"

Peter lässt sich Zeit mit einer Antwort. Er nimmt Pauls Hand und zieht ihn hinaus auf die Terrasse. „Sieh mal, wie schön das Meer ist!"

Paul schüttelt den Kopf, er verliert fast seinen Mut, den er so dringend brauchen wird. Hat Peter alles ausgeblendet, was er mit seinem Leichtsinn oder Ehrgeiz angerichtet hat vor wenigen Stunden? Paul möchte ihm nicht unrecht tun, ist aber hilflos. Er sieht auch auf das bewegte Wasser. Er kann nicht schwimmen, und er weiß, dass diese Tatsache verbunden ist mit der Achtung vor der Naturgewalt, die sich manchmal in eine Art Angst verwandelt. Nicht gerade, wenn er auf dieser Terrasse steht, einige Meter über dem Meeresspiegel und in einigem Abstand. Aber letztlich gibt es sogar hier keine wirkliche Sicherheit.

Als ihm das fehlende Kabel einfällt, geht er wortlos zurück ins Häuschen, sieht sich die ausgeschütteten Gegenstände noch einmal an, greift dann in den Beutel und fühlt das kleine Ladegerät. Er sucht eine Steckdose, verbindet die Teile miteinander, wie es sich gehört, und spürt, wie er etwas ruhiger wird. Lange dauert diese positive Entwicklung nicht, denn Peter steht im Türrahmen, lacht ihn an. „Wollen wir nicht ein paar Schritte laufen? Wir haben so lange nur herumgesessen."

Paul zieht seine Jacke über, wirft noch einen Blick auf die beiden Betten in dem kleinen Schlafraum und folgt Peter auf dem Weg zur Promenade, dem Wasser näher jetzt. Sein Blick ist starr auf den Weg gerichtet. Er kann kaum mit Peter Schritt halten. Immerhin hat sich die Sonne den Weg durch die Wolkendecke gebahnt.

„Wir haben es halb eins, was hältst du von einem kleinen Imbiss?" Peter wartet auf eine Antwort. Als von Paul nichts kommt, stupst er ihn kurz an. „Ich weiß, wo wir das auch jetzt noch genießen können. Kennst du das Buffet Marittimo, direkt am kleinen Fischerhafen? Dort sitzt man so gemütlich mit dem Blick auf die Boote, die Fischer, die Einheimischen, die ihren Besorgungen nachgehen und auch ab und zu dort einen Kaffee trinken oder auch in die Kirche gehen.“

„Das dauert aber mindestens noch eine halbe Stunde. Ich bin hungrig.“ Das sagt Paul. Das ist alles.

Peter wundert sich wieder, aber wie soll er den Mann nur verstehen, der stets mehr in sich versinkt. Er findet ihn ja sympathisch und auch nicht dumm. Seinen Humor hat er noch nicht kennengelernt, wahrscheinlich ist der ziemlich rudimentär. ‚Kann sein, dass ich ihm keine Wahl gelassen habe, wie ich das immer versuche, wenn ich merke, jemand zögert und ich würde gern eine Idee umsetzen. Das muss dann immer sofort sein. Das können die meisten meiner Freunde und Geschäftspartner nicht. Sie müssen sich nach allen Seiten absichern, ehe sie entscheiden‘.

„War ich zu schnell?“ Peter sieht Paul an, der tatsächlich den Kopf gehoben hat. „Wieso?“ Paul ist wieder da, versucht einzusteigen. „Ich habe zum Frühstück nicht viel gegessen. Lass uns etwas schneller gehen!" „Gern", Peter lacht ihn an und beschleunigt seine Schritte. „Der Weg ist das Ziel: Wenn das Ziel fern ist, ist der Weg lang."

„Was soll das? Ist doch nur Reine Logik." Paul bleibt stehen, Peter geht weiter.

„Wenn ich schneller gehe als du und dann eher da bin, was ist das?"

„Nicht fair." Paul holt auf und ist wieder neben Peter. Er weist auf ein Geschäft, an dem sie gleich vorbeigehen werden. „Auf dem Rückweg muss ich hier unbedingt etwas kaufen. Ich habe ja kaum etwas anzuziehen. Und Handtücher gibt es in dem Mobilheim auch nicht. Gehst du dann mit hinein?"

„Klar, ich war dort früher schon. Nette Bedienung, alles Klamotten für Pseudo-Kapitäne, in Blauweiß geht man darin vor dem Spiegel spazieren und kommt manchmal auch so kostümiert heraus." Mit einem Seitenblick auf Paul: "Das ist nicht abschätzig gemeint, Paul." „Weiß ich, das hätte mir aber nichts ausgemacht. Dann hätte ich viel zu tun." „Habe ich schon bemerkt, auch wenn ich nur langsam hinter deine Merkwürdigkeiten steige." Paul sagt daraufhin gar nichts, stattdessen bestimmt er das Tempo. Die

Restaurants, an denen sie vorbeigehen, sind noch nicht alle bereit für Touristen, dabei ist es schon Ende Mai. ‚Das Wetter ist anscheinend nicht danach gewesen‘, denkt Paul. Ihm ist es fast gleichgültig, wie sich das Wetter zeigt, nur auf Dauerregen kann er gut verzichten. Und ebenso auf die ewig wiederkehrenden Erklärungen zu seinem Wesen, denen Paul immer noch nicht mit Gleichgültigkeit oder Selbstverständlichkeit begegnen kann. ‚Nun fängt auch Peter noch damit an. Dann muss ich ihn wohl einweihen‘, denkt Paul. ‚Aber nicht sofort‘, murmelt er vor sich hin.

Peter, der ihn wiederum von der Seite mustert, überlegt kurz, ob Paul ihn angesprochen haben könnte, verneint das aber gleich wieder, wortlos.

IX Anna räumt auf

Anna wacht auf durch ein Klingeln an ihrer Haustür. Sie rührt sich nicht. Es ist viel zu früh, um aufzustehen. Doch schon ist die Gedankenkette in ihrem Traum unterbrochen worden. Sie findet den Anschluss nicht. Sie setzt sich auf, schiebt einige Kissen hinter sich, um in dieser Position lesen zu können. Das hat sie immer schon gern getan. Das Buch liegt auf dem Nachttisch. Ihre Gedanken driften ab, sind momentan dort, wo das abgelegt ist, was Vergangenheit genannt werden könnte.

Während Paul noch schlief und ab und zu einen leisen Ton oder ein Wort von sich gab, fühlte Anna sich ihm nah, aber doch nicht beengend nah. Er lag so friedlich da, manchmal sogar auf dem Rücken, ganz entspannt, was Anna sehr gefallen hatte. Sie bewunderte ihn dafür, denn er konnte etwas, wonach sie sich sehnte, einfach sie selbst zu sein. Argwohn war ihm fremd. Ihr gegenüber war er von einer Aufrichtigkeit, die sie zu schätzen wusste. Was ihr gefehlt hatte, waren die Gesten des Menschen, mit dem sie ihr Leben teilte, Gesten oder eine Berührung im Vorbeigehen, ein kleines Zeichen seiner Hand oder ein zärtliches Streichen übers Haar. Zu Beginn, als sie sich gerade kennen gelernt hatten, war diese Sehnsucht noch überlagert gewesen durch all das Neue, das über sie beide hereingeströmt war. Auch die bald folgende Rolle, in der sich beide nach ihrem Single-Leben wieder finden mussten, war eine gewaltige Aufgabe. Weder sie noch er konnten auf die Erfahrung zurückgreifen wie andere Menschen ihres Alters aus dem Freundeskreis, denen schon längst klar geworden war, dass ein Leben zu zweit je nach Persönlichkeit zunächst eine große Umstellung bedeutete. Und wenn dann der Alltag die Oberhand gewinnt und damit die Routine, bleibt kaum Zeit zum Nachdenken über ihre selbst gewählte Veränderung.

Anna ärgert sich, dass sie den Traum nicht zurückholen kann, während sie das Bettzeug mit den Füßen hin- und herschiebt. Warum kam er dann überhaupt, wenn er gleich wieder verschwand. Natürlich ist das nur eine rhetorische Frage, der sie nicht weiter nachgehen würde. Und doch, etwas drängt sie, zu begreifen, dass Paul in diesem Traum das Wort hatte. Er, der sonst kaum jemals drei Sätze nacheinander von sich gab, musste hier einen Vortrag hingelegt haben, dass ihr Hören und Sehen verging. Anna will das nicht glauben, denn nichts, was sich zugetragen hatte, war noch erklärungsbedürftig. ‚Er ist tot, so Leid mir das tut, ich weiß keine Alternative zwischen Leben und Tod', denkt Anna. Was sie befremdend findet, ist, dass sie nicht weinen kann, keine Trauer spürt, keinen echten Verlust, keine große Lücke in ihrem täglichen Leben. Ein paar Tage sind erst vergangen, seit es plötzlich hieß, Paul sei ertrunken. Plötzlich stutzt sie. ,Hätte ich doch den Sarg öffnen lassen sollen? Steh ich vielleicht unter Schock? Fühlt sich das so an? Ich benehme mich doch ganz normal, eigentlich wie immer'.

Jetzt zieht sie mit den Händen an der Bettwäsche, wird unruhig. Sie will nach dem Buch greifen, greift daneben, ein Wasserglas kippt um, ein Teil des Wassers ergießt sich über das Buch. Anna schiebt die Bettdecke beiseite, setzt sich auf den Rand des Bettes, stützt beide Hände auf den Knien ab und sieht sich die Tropfen an, wie sie an dem Buchrücken herunterlaufen. Sie verfolgt die Tropfen mit den Augen, bis sie auf dem Parkettboden angekommen sind. Sie greift nach dem Buch, wischt den nassen Rücken mit einem Zipfel des Betttuches ab, schlägt die Seite auf, wo das Lesezeichen liegt. Warum muss ich gerade dieses Buch lesen, fragt sie sich. ,Seit wann mag es hier liegen? Das hat Paul zuletzt in der Hand gehabt, erinnert sie sich. Denn er hat überlegt, es mitzunehmen in den Urlaub, es dann aber doch nicht getan. Warum eigentlich nicht?'

Der Titel lautet: „Das Chaos da draußen", geschrieben von Lasse von Dingens, das Lesezeichen liegt zwischen den Seiten 60 und 61. Anna liest, immer noch auf der Bettkante sitzend, das Kapitel „Absatz „Partner behalten". Ihre Augen bewegen sich flüchtig über den Text. Mit einer heftigen Bewegung wirft sie das Buch auf Pauls Bettseite. „Nur Theorie, Theorie", so schreit sie dem Buch hinterher, „ das hätte er mal früher lesen sollen, jetzt ist es zu spät!"

Vorbei ist es mit ihrer Ruhe. Sie geht auf Pauls Bett zu, zieht mit schnellen Bewegungen die Bezüge von Oberbett und Kopfkissen ab, reißt das Bettlaken mit einem Ruck vom Bett, geht ins Nebenzimmer, drückt die Tücher in die Waschmaschine, klappert laut mit dem Waschmittelbehälter, bis der Deckel herunterfällt. Endlich ist eingefüllt, das Programm gewählt und der Startknopf gedrückt. Anna fasst sich ans Kinn, sieht fragend hinüber ins Schlafzimmer und kramt hastig eine bunte Decke aus einem großen Schrank, mit der sie den Teil des Ehebettes bedeckt, in dem Paul immer geschlafen hat. Sie sieht auf die Uhr, kriecht dann langsam in ihr Bett zurück, bis fast nichts mehr von ihr zu sehen ist. Es dauert nicht lange, bis sie eingeschlafen ist.

X Dirks Rückblick

Das war eine lange Nacht in dem Pub, wie Dirk sie schon ewig nicht mehr gehabt hat. Er kann sich, als er sich endlich nach dem Erwachen im Bett aufrichtet und auf die Uhr schaut, gar nicht erinnern, wann man ihn jemals dort derart spät oder auch schon früh, je nach Sicht der Dinge, höflich, aber konsequent aus dem Lokal herausbugsiert hatte. Er nimmt das nicht übel. Ihm reicht die Übelkeit, die sein Magen ihm verursacht. Das ist neu.

Er legt sich zurück aufs Kissen. Wortfetzen fallen ihm ein. Wortfetzen wie Jahre, zehn Jahre, eine Zeitspanne, aber doch von Pauls Eheleben mit Anna. Oder auch der Begriff Neugier, Annas Neugier in Bezug auf sein, Dirks' Verhältnis zu Paul.

Dirk hat am Vortag in Annas Wohnung nichts als Kälte gespürt, Kälte, die herübergekrochen kam von ihr zu ihm. Anfangs hat er noch gedacht, sie wolle aus Pietätsgründen nur unzureichende Worte benutzen, um ihn nicht noch mehr dazu herauszufordern, seinen Gefühlen freien Lauf zu lassen. Wie gern aber hätte er sich ausgeweint, denn wenn nicht bei Anna, bei wem sonst hätte er das fertig gebracht. Sie hätte verstehen müssen, wie nahe ihm Pauls Tod ging. Aber für sie war es unverständlich, sein Verhältnis zu Paul. Sie schien ihm nicht zu glauben, was er fühlte und welchen Verlust er erlitten haben könnte. Sie hatte Grund genug darin gefunden, dass Paul bereits beerdigt worden war, um sagen zu können, sie könne ihn deshalb nicht noch einmal sehen. Und obwohl Dirk nicht sicher ist, ob es erlaubt werden kann oder nicht, er versteht das nicht, dass die Frau, mit der Paul zehn Jahre seines Lebens verbracht hat, kein Bedürfnis danach zu haben scheint, sich von diesem Menschen zu verabschieden. Hätte, hätte, hätte, Dirk fühlt sich wie jemand, der ein Rätsel entdeckt hat und nun versucht, die Lösung zu finden. Er hat außer wegen des Tattoos keinen Verdacht, und selbst die Tatsache, dass er das Tattoo tatsächlich mit eigenen klaren Augen gesehen hat, bringt ihn nicht weiter.

Doch es geht um Paul, und Dirk kennt sich selbst soweit, dass er weiß, er wird nicht lockerlassen. Wie auch immer und wo auch immer muss er eines Tages leben können ohne ein belastetes Gewissen, das ihn mahnt, seinem Freund Gerechtigkeit widerfahren zu lassen. Die blöde Anna begreift gar nichts oder will nicht begreifen, dass Paul ihm fehlt und dass es ein großer Verlust für ihn ist, dass Paul tot ist, denn er, Dirk, hat seine Zukunft nie ohne Paul gesehen, wie gering auch die Chance gewesen sein mochte, ihn zu einem wahren und bewussten Freund zu machen. In Dirks Leben gibt es wenige Menschen, und von den wenigen war keiner wie Paul. Und es war so schön gewesen, wenn Paul zu erzählen begann, denn wenn er erst einmal das Wort ergriff, er, der immer schüchtern auftrat und sich nie in den Vordergrund stellte, wenn er etwas zu sagen oder auch zu fragen hatte, bekam jedes Gespräch gleich eine persönliche Note, die man nie vergessen konnte. Das sollte er nie wieder erleben? Dirk seufzte tief, so tief es ging. Manch einer hatte dann auch binnen kurzer Zeit den Raum verlassen, weil er die oberflächlichen Gespräche bevorzugte und vielleicht gar noch etwas von sich preisgeben sollte, was den Kollegen überhaupt nicht gefiel.

Dirk seufzt noch einmal, als ihm klar wird, dass nach diesem Freitag nur noch Sonnabend und Sonntag zwischen ihm und seiner Arbeitsaufnahme stehen. Und dann sollte er so tun, als sei nichts geschehen? Seine Kollegen würden ihn, genau wie Anna, nicht verstehen in seiner Trauer. Vielleicht verlängere ich einfach meinen Urlaub, denkt Dirk mit einem Mal. Warum eigentlich nicht. Aber ihm ist gar nicht klar, was er denn mit der freien Zeit anfangen würde. Er hat das Gefühl, auf der Stelle zu treten. In Leer gibt es zwei oder drei Tattoo-Läden, vielleicht wäre das ein Anhaltspunkt. Einer liegt in der Heisfelder Straße, ein anderer in der

Bremer Straße, den dritten müsste er erst noch ausfindig machen. Er kennt keinen davon und, wenn er sich vorstellt, in einen solchen Laden zu gehen und gesehen zu werden beim Betreten oder Verlassen desselben, dann ist ihm schon jetzt nicht wohl dabei. Natürlich darf er nicht nach dem Namen fragen, auf keinen Fall Paul Hülsebus direkt suchen. Er muss ganz vorsichtig agieren und vielleicht nur nach dem Motiv fragen, dieser – so muss er zugeben - gelungenen Darstellung einer Amsel, die er auf Pauls Arm gesehen hatte. Oder sollte er mit einem Trick arbeiten und behaupten, sein Freund Paul habe ihn hierher geschickt? Dirk ist überfordert, doch bleibt in ihm der starke Wunsch nach Aufklärung bestehen, verfolgt ihn geradezu. ‚Ich muss dahin', denkt Dirk, ‚auch wenn die mich auslachen sollten. Aber vielleicht können sie mir wirklich helfen'.

Doch zuvor hat er die Urlaubsverlängerung zu beantragen. Das ist im Grunde eine Formalität, da das unter Kollegen, die sich gut verstehen, keine Frage ist. Sein Chef ist natürlich der Ansprechpartner. Dirk ist beliebt, da er seine Arbeit mit Elan anpackt, ganz entgegen der offensichtlich vorhandenen Neigung zum Nachdenken und Träumen oder auch zum Faulenzen. Seinen Umsatz und die entsprechenden Provisionen für die kommende Woche wird Dirk schnell nachholen. Die Telefonate sind in einer halben Stunde erledigt, und Dirk hat Glück, dass keiner der Kollegen erkrankt ist oder auch wie Dirk einen verlängerten Urlaub benötigt. Niemand hat nachgefragt, was Dirk so wichtiges zu erledigen habe. Er hat von sich aus von den Tagen auf Norderney erzählt und wie anstrengend das gewesen sei. Damit hat er die Kollegen zwar auf eine falsche Fährte gelockt, aber was macht das schon? An diesem Abend will Dirk einen Plan entwickeln zur weiteren Aufklärung, an der er wesentlich beteiligt sein wird. So, wie Anna sich verhalten hat, sieht er sie nicht als Hindernis. Und das beruhigt ihn. Ob sonst noch jemand aktiv werden wird, steht für ihn in den Sternen und nicht zur Debatte. Eines weiß er: das Wochenende wird er verbringen mit Überlegungen zum Ablauf. Er hofft, dass ihm dieser Freitag schon etwas Aufklärung bieten werde, und, was wichtig ist, er wird keine Kneipe aufsuchen. Das Telefon klingelt. Dirk kennt die Nummer nicht und lässt es weiter klingeln. Das ist ein ganz neuer Zug an ihm, den er sich da leistet. Doch er fühlt sich wohl, da er sich nun abgekoppelt hat und sich voll und ganz seiner wichtigsten Frage widmen kann: was mit Paul geschehen ist, und welche Rolle Anna dabei gespielt haben könnte, natürlich auch.

XI Paul befreit sich

Peter und Paul hängen ihren Gedanken nach. Peter möchte Paul so gern verstehen. Warum eigentlich, fragt er sich. So etwas hat er noch nicht erlebt, und er kennt sehr viele Zeitgenossen, zum Teil berufsbedingt, zum Teil durch seine große Familie, aber auch andere, die zum Freund geworden sind, gehören dazu. Ihm ist natürlich aufgefallen, dass Paul bisher nur von einer Anna gesprochen hat, die offensichtlich sehr wichtig für ihn war oder noch ist. Vielleicht seine Ehefrau, denkt er.

Peters Smartphone klingelt, er nimmt es aus der Jackentasche und beginnt ein Gespräch, wendet sich dabei an Paul, indem er ihm per Handzeichen zu verstehen gibt, er möge doch seinen Weg fortsetzen, er komme gleich nach.

Paul nickt und geht langsam weiter. Er fühlt sich dabei nicht gut, jedenfalls nicht wie sonst, wenn er allein auf Cres gewesen war. Alles ist verändert, obwohl es äußerlich nicht so scheint. Paul spürt eine Unruhe in sich, die sich mit einem Gefühl der Leere verbunden hat. Leere und Unruhe sind ein Gemisch, aus dem ein Chaos entstehen kann, weiß Paul. Dabei steigt die noch nicht verblasste Erinnerung an den letzten Abend auf dem Kölner

Campingplatz so bedrängend in ihm hoch, dass er sich, ohne jemanden zu sehen oder mit ihm zu sprechen, einfach auf einen der Terrassenstühle des ‚Marittimo' setzt, wo er schon so oft Platz genommen, seine Blicke auf die Fischerboote im Hafen gerichtet und von einem Leben geträumt hatte, ohne all dies Anderssein, das er empfindet, während die Menschen um ihn herum ihr Leben leben, kaum etwas infrage stellen, als sei alles in der richtigen Ordnung.

Jemand berührt ihn an der Schulter, ganz leicht, aber Paul fährt zusammen, als habe ihn ein Elektroschock getroffen. Als er aufsieht, erkennt er den freundlichen Inhaber des ‚Marittimo'. Paul steht auf, reicht dem Mann die Hand, zieht sie aber ziemlich schnell zurück. Bevor er sich etwas einfallen lassen muss, wird er gefragt, seit wann er auf Cres sei. Paul muss sich wieder sammeln, bevor er sagen kann, er sei eben angekommen.

Das kommt ihm seltsam vor. Jetzt steht er hier wie sonst auch, sagt, er sei gerade heute erst angekommen. Dann fällt ihm nichts mehr ein, bis er Peter erkennt, der offensichtlich sein Gespräch beendet hat und nach Paul sucht. Er winkt ihm heftig zu, bis er sieht, dass Peter ihn gesehen hat.

Der Wirt hat inzwischen den Tisch hergerichtet. Paul macht ihm klar, dass ein Freund mit ihm hier etwas essen und trinken wolle. Dann steht Peter neben ihm und der Wirt begrüßt ihn mit einer Umarmung, spricht ein wenig mit ihm, bringt dann die Speisekarte. Peter und Paul setzen sich einander gegenüber. Peter hat die Promenade im Blick, während Pauls Augen sich mit einem Teil des Hafens zufrieden geben müssen. Um diese Zeit gibt es nicht viel Bewegung auf dem Wasser, es sind vielmehr die Katzen, die geschickt von einem Boot zum andern springen, elegant und sicher, auf der Suche nach Essbarem. Den großen Erfolg werden sie erst am Abend haben.

„Ich habe Appetit auf eine Dorade, die schmeckt mir besonders gut", teilt Peter über den Tisch hinweg mit. Paul studiert noch die Karte, reagiert nicht. Er schiebt die Karte von sich und sieht Peter an. „Ich bestelle Calamari fritti, die esse ich hier gern." Peter sieht nach dem Wirt und winkt ihn heran. Er bestellt gleich für Paul mit, ehe der etwas sagen kann.

„Was trinken Sie?" Der Wirt sieht freundlich auf die ihm bekannten Männer. Paul setzt an: „Ein Bier bitte für mich, Karlovačko pivo."

Peter schließt sich an, erstaunt über diese klare Ansage seines ostfriesischen Begleiters, der sonst schon mal ziemlich wortkarg sein kann. ‚Umso besser so‘, denkt Peter über diesen kleinen Akt seines Tischgenossen.

Zufrieden schauen die beiden Männer aus, ihre Probleme sind mit den Wolken weggezogen. Die Welt ist schön. Es ist warm, die Fischerboote spiegeln sich leicht bewegt im Hafenwasser. Ab und zu geht jemand vorbei und grüßt die beiden. Wer gemeint ist, ist gar nicht von Bedeutung, Hauptsache, man wird erkannt.

Peter sieht Paul manches Mal aus den Augenwinkeln an, wenn dieser gerade beschäftigt ist. Peter nimmt wahr, dass Paul ein wenig von seiner Steifheit, oder wie er das nennen soll, verloren hat. Unsicherheit ist es nicht, Nachdenklichkeit auch nicht. Paul fühlt sich hier an diesem Ort nicht fremd, vielleicht ist das eine Erklärung für die leichte Veränderung. Und er ist zu nichts verpflichtet. Oder was könnte es noch sein, fragt sich Peter. Er mag diesen Mitreisenden, so nennt er Paul und ist sicher, dass er ihn noch aus seinem Schneckenhäuschen herauslocken wird. Während das wunderbar kühle Bier auf den Tisch kommt, steht Paul auf und wechselt auf den Platz, von dem aus ihm ebenfalls ein

Blick auf die Promenade möglich ist. Es ist natürlich für Paul eine nicht einfache Entscheidung gewesen, denn er sitzt jetzt ziemlich nahe bei Peter, aber es geht gerade noch. Paul fühlt sich einigermaßen gut.

Sie stoßen an mit den Biergläsern, die so kalt sind, dass man sie kaum anfassen kann. Wer die beiden nicht kennt, glaubt, hier seien Freunde gemeinsam hergekommen, um ihren Urlaub oder ihre Ferien miteinander zu verbringen. Peter, danach gefragt, würde sicher nach kurzem Zögern zustimmen. Paul wäre damit überfordert, würde das vielleicht sogar aussprechen. Inzwischen sind wesentlich mehr Tische besetzt, vor allem die auf der Sonnenseite stehenden. Noch kommt die kleine Küche relativ schnell den Bestellungen nach, die Dorade und die Calamari sind bereits auf dem Weg.

Paul stellt fest, dass seine kurze Vorfreude etwas gelitten hat, nun, da er merkt, dass der Druck, den Peter, ohne es auch nur zu ahnen, auf ihn ausübt, bei Paul eine kleine, aber wachsende Panik verursacht, die mit Fluchtgedanken einhergeht.

Paul hat das Wort ‚Druck‘ nicht in seinem Sprachschatz, er könnte seine Stimmung nicht beschreiben, wenn das jemand von ihm fordern sollte. Peters Anwesenheit verursacht ein Unwohlsein, von dem Paul glaubt, dass es mit der gesamten Situation zu tun haben muss, vor allem mit dem Auslöser, dem schweren Unfall im Hafen von Njivice, als er den blutenden Mann sah und vor ihm geflohen war. Der Mann, der seinen verletzten Freund nach Rijeka ins Krankenhaus bringen ließ und nun hier in aller Ruhe und Gemütlichkeit mit ihm, Paul, in der Sonne auf einer Terrasse sitzt und Speisen und Getränke genießt.

Paul will sich nicht verstricken in diesen Abwärtsstrudel, es geht ihn nichts an, hilft er sich selbst, was dieser Mann getan oder wie er gehandelt hat. Doch da sieht Paul wieder das Mobilheim mit dem kleinen Schlafzimmer vor sich, das er mit diesem Peter teilen soll, und schon steckt er erneut in einem Gedankenwirrwarr, das ihn nicht loslassen will. Paul hat in ähnlichen Situationen die Erfahrung gemacht, dass es am besten ist, mit einem klaren Wort eine Veränderung herbeizuführen. Das kostet eine enorme Anstrengung. Er schaut Peter an, als der gerade von seinem Teller aufsieht und Paul anlächelt. Dagegen hat er kein Mittel, aber die Richtung, die er einschlagen muss, steht jetzt fest. Paul atmet tief durch und isst seine wie immer gut schmeckenden Calamari Stück für Stück langsam zu Ende. Er ist sogar in der Lage, das zu genießen, nimmt sein Bierglas auf und prostet Peter zu, der freundlich darauf eingeht.

Peter ahnt nichts von den Gefühlen, mit denen Paul zu kämpfen hat. Er gibt sich jetzt auch keine Mühe, diesen Nordländer mit dem spärlichen blonden Haarwuchs und den hellblauen Augen zu begutachten. Der scheint nett, rücksichtsvoll und umgänglich zu sein, das genügt dem wohlhabenden Geschäftsmann Peter, der in ein paar Tagen wieder auf Krk sein wird, vielleicht sogar mit seinem verunglückten Freund. Er, der sein Leben unverändert auf dieselbe Art und Weise führen wird und für den dieser Unfall und die Begegnung mit Paul lediglich kleine Zwischenfälle bleiben werden, ein unangenehmer und ein angenehmer als Folge darauf.

Auf der Promenade hat sich inzwischen die Menschendichte verändert. Die Wochenendfähren legen eine nach der anderen an, Männer und Frauen mit Rollkoffern klappern über das Kopfsteinpflaster, das nur die Touristen schön finden können. Viele der Einheimischen arbeiten auf dem Festland und kommen jetzt zu ihren Familien, um das Wochenende gemeinsam zu genießen, im Idealfall. Auf der Terrasse findet immer häufiger ein für Pauls

Ohren sehr unangenehmes Stühleschieben statt, so dass er sich ab und zu umdrehen muss, um sich ein Bild zu machen. Dann wird sein Gesichtsausdruck düster und ihn erfasst wieder eine Unruhe, die ihm vertraut ist, die er jedoch gern ignorieren möchte. Es ist nicht allein das Stühlerücken, hinzu kommt die laute Vielfalt der Sprachen, ein Gewirr, das ihm um und in die Ohren flattert, von dem er nichts versteht und das er deshalb nicht zu deuten vermag. Unvermittelt steht Paul auf, stellt sich hinter seinen Stuhl, stützt sich auf die Lehne. „Ich muss hier weg." Das ist alles, was aus ihm herausquillt. Dann setzt er noch einmal an, sieht Peter dabei in die Augen: "Ich glaube, wir sollten nicht länger zusammenbleiben! Besser trennen wir uns jetzt gleich."

Peter, der ihn erwartungsvoll angesehen hat, staunt, weiß nicht, was er falsch gemacht haben könnte an diesem Nachmittag. Sagt nur: "Na, dann zahle ich eben." Sie hätten noch lange an diesem Platz verweilen können, seiner Meinung nach.

Paul ist nun derjenige, dessen Verwirrung perfekt ist. Er geht hinter Peter her, um seinen Beitrag zur Rechnung zu leisten. Sie verabschieden sich von dem freundlichen jungen Wirt und auch durch Handzeichen von einigen Gästen, denen sie irgendwann schon einmal begegnet sind und deren Namen sie kaum erinnern.

„Du wolltest doch noch ein paar Kleidungsstücke kaufen, oder ist das jetzt auch vorbei?"

Paul stutzt. Etwas geht offensichtlich in die falsche Richtung. Das muss er verhindern. Er erinnert sich an die wenigen Male, als er fest entschlossen war, sich als Asperger-Autist zu outen, meistens war er dabei ohne Anna gewesen. Und nun mit Peter, dem Mann, den er so gut wie gar nicht kennt, der sein Verhalten nicht verstehen wird, der aber im Grunde sympathisch ist, den er auch nicht einfach vergessen möchte, mit Peter wird er einen Weg finden, über seine Form des Autismus zu sprechen. Paul ist sicher, dass Peter ihn anhören wird. Unbeholfen stellt er sich dem überraschten Peter in den Weg, sieht ihn an: „Ich muss mit dir sprechen, Peter, damit du mich verstehst."

„Ist schon gut, Paul, jeder hat mal einen schlechten Tag."

„Nein, das ist nicht so, aber hier auf der Straße kann ich nicht mit dir sprechen." „Dann lass uns einen Kaffee trinken im ,Regata', das kennst du sicher."

Paul ist verzweifelt, ja hilflos. Das ahnt niemand derer, die ihm begegnen, ihn freundlich ansehen oder grüßen. Wenn er doch nur losschreien könnte! Paul weiß, dass es ihm hier nicht gelingen wird, sich Luft zu verschaffen. Er fügt sich, und es geht ihm noch schlechter.

Er sieht Peter von der Seite an, der Mann schlendert im Touristenschritt auf das ‚Regata‘ zu, findet sofort einen freien Tisch am Wasser, lädt Paul ein, sich zu setzen. Dann legt er einen Arm um Pauls Schulter, zieht den Mann ein wenig an sich, fühlt, wie der erstarrt, verharrt trotzdem eine Weile in dieser Haltung.

„Bitte nimm doch nicht alles so schwer, und wenn du Probleme hast, dann sprich mit mir. Ich werde das schon aushalten, mein Lieber! Ich habe schon ganz andere Dinge aushalten müssen!"

Als Peter seinen Arm wieder zurückzieht, weicht die Wärme langsam von Pauls Schulter hinüber aufs Wasser. Paul ist befreit. Doch in ihm hält sich die Unordnung, mit der er nicht leben will. Er sucht die Klarheit, fühlt sich aber nicht mutig genug für die Konsequenz, die sich zeigen und von der er nicht weiß, wie sie aussehen könnte. Dieser Tag ist noch nicht zu Ende und die Nacht noch weit.

Peter ruft den Kellner, bestellt zwei Milchkaffees. Als die Tassen auf dem Tisch stehen, verrühren die Männer wortlos den Zucker, rühren länger als nötig, sehen sich zwischendurch kurz an. Paul legt plötzlich entschlossen den Löffel erst auf den Tisch, dann auf die Untertasse, wendet sich Peter zu.

„Weißt du, was ein Asperger-Autist ist?" Dann senkt er die Augen und wischt mit dem Zeigefinger auf der Tischplatte hin und her, abwartend, bis er es nicht mehr aushält und Peter ins Gesicht sieht. Peters Augen treffen seine, Peter nickt nur, ergreift Pauls Hand. Schweigend sitzen sie noch eine kurze Weile, bis Peter aufsteht, Paul hochzieht, der sich nicht wehrt.

„Danke für dein Vertrauen, Paul", sagt er leise, so leise, dass dieser ihn kaum versteht, ihn aber doch verstanden hat. Sie zahlen, noch am Tisch stehend.

Wie geplant gehen sie jetzt mit etwas schnellerem Schritt die Promenade entlang zum Bekleidungsladen, den sie nach einer knappen Stunde schwer mit Tüten bepackt wieder verlassen. Sie haben sich sehr verändert.

XII Dirk macht sich auf den Weg

Am späten Abend steht Dirk inmitten seiner kleinen Wohnung und dem, was sein Arbeitszimmer und gleichzeitig Schlafzimmer ist.

Auf dem Tisch vor seiner Bettcouch wimmelt es von Briefen und Fotos, schwarzweißen und bunten, kleinen und großen Fotos. Dirk bleibt während seiner Suche ein paar Mal stehen und blickt auf seinen Berg von Papieren.

Er weiß plötzlich, wonach er konkret zu suchen hat. Es gab zwei, drei Jahre zurück Post von Paul aus dessen Urlaub. Mindestens drei Karten hat er jetzt vor Augen. Beim Gedanken an einen Brief gibt er schnell auf, denn da war wohl nichts. Schön wäre es gewesen, auch einen Brief von Paul vorzufinden.

Dirk weiß, er hat auf sich selbst aufzupassen bei dieser Arbeit, er darf nicht weglaufen oder gar in eine Kneipe flüchten, er hat hier auszuhalten. Bis zum Montag will er den Anhaltspunkt finden, der ihm die Suche nach Paul erleichtern könnte.

Er kramt in einem Umzugskarton, der unter dem Fenster in seiner Küche steht. Es kommt einem Wühlen gleich, wie er vor allem Ansichtskarten durch seine Finger gleiten lässt.

‚Ich habe gar nicht gewusst, dass mir so viele Leute geschrieben haben. Man muss mich wohl doch mögen oder gemocht haben‘, denkt er. ‚Ich bin ja auch kein schlechter Kerl, jedenfalls hat mir das noch niemand so direkt zu verstehen gegeben‘.

Er geht ans Fenster und hält eine Karte in der Hand. Er betrachtet sie von allen Seiten. Sie enthält das Foto eines Hafens und auf der Rückseite eine Handschrift, in ebenmäßiger lateinischer Schrift geschrieben, offensichtlich eine Nachricht von Paul. Die Hafenansicht gehört zu der Stadt Cres. So ist es vermerkt. Das muss nicht unbedingt der Ort sein, an dem sich Paul aufhält, sinniert Dirk.

Er holt eine Lese-Lupe, befreit diese von Staub und Flecken. Sie wird kaum benutzt. Dirk geht ins Wohn-Schlaf-Zimmer, setzt sich auf die Couch, legt die Karte mit der Rückseite nach oben auf den Tisch und versucht mit Hilfe der Lupe herauszufinden, wie der Ort heißt, von dem aus diese Karte versendet worden ist. Der Stempel ist nicht nur schwach draufgedrückt worden, sondern auch noch zusätzlich ausgeblichen, bedauert er.

Dirk liest den Text, ist ganz versunken, bis er in der oberen Zeile ‚Kovacine‘ liest. Dirk hat den Namen Kovacine von Paul gehört, erinnert sich. Um sich zu vergewissern, öffnet Dirk seinen altmodischen Laptop und googelt nach diesem Namen. Die Resultate sind schnell da, denn Kovacine ist eine Camping-Anlage auf der Insel Cres. ‚Aha', denkt Dirk. ‚Man soll sich auf den ersten Einfall einlassen, wenn man etwas sucht, und dann die Verbindung mit dem herstellen, was man weiß und was einem zur Bestätigung fehlt'.

Jetzt darf er endlich an den Kühlschrank gehen, holt sich die verdiente Flasche Bier und sieht auf die Uhr. An diesem Abend kann er nichts mehr erreichen, aber am Samstag, da geht es los mit der Buchung eines Fluges. Ob er das jetzt online erledigte oder Samstag im Reisebüro, das bleibt sich gleich, räsoniert Dirk. Bevor er die Flasche öffnet, nimmt er sein Handy und wählt noch einmal Pauls Nummer. Niemand nimmt ab. Keine Ansage, gar nichts. Aber auch kein Hinweis darauf, dass es die Nummer nicht mehr gibt. Während er das Telefonieren in seiner weiteren Planung vergessen oder aufgeben wird, fällt ihm zu allem Überfluss noch die Amsel ein, mit der er sich eigentlich nicht mehr befassen wollte. Er sieht auf die Bierflasche, sie ist erst halb leer. Er nimmt noch einmal Platz vor seinem Laptop. Was er unter Wikipedia findet, könnte eine Auflösung sein, wenn das Tattoo auf dem Arm des Toten wirklich eine Rolle spielen sollte.

„Die Bezeichnung des Kosovo legt einen Zusammenhang zur Amsel nahe. Kosovo geht auf den serbischen Ortsnamen Kosovo polje zurück. Dabei wird kos ('Amsel') das Possessivsuffix -ovo hinzugefügt, polje bedeutet 'Feld'. Üblicherweise wird dieser Ortsname auf eine Legende zurückgeführt, nach der sich die auf dem Amselfeld gefallenen serbischen Helden in Amseln verwandelt hätten."

'Gut', sagt sich Dirk, 'aber den Zusammenhang mit Paul kann ich mir so nicht vorstellen'.

Er steht dann doch noch eine Weile nachdenklich da. Denn wenn er sich vorstellt, dass Paul jetzt auf dieser kroatischen Insel sein sollte, dann kann doch möglicherweise irgendjemand ihn, der die Natur liebt, wie Dirk weiß, auf seinem Weg durch einen Teil von Serbien nach Kroatien auf die Idee mit der Amsel gebracht haben, wenn er doch schon mit der Idee von einem Tattoo beschäftigt war. Ich bin doch noch ziemlich nüchtern", sagt Dirk laut und lacht dabei. „Ich glaube nicht an die Amsel, jedenfalls nicht bei Paul".

Und damit ist vorerst dieses Kapitel abgeschlossen. Es ist zwar interessant, sagt sich Dirk, aber eben nüchtern betrachtet reiner Zufall, oder zu viel an Zufällen für eine zu klärende Angelegenheit, wo ganz andere Dinge von Bedeutung sein werden.

Für Dirk ist es klar, auch wenn noch Vieles im Nebel liegt, dass Paul, so wie er ihn zu kennen glaubt, nicht mit einem Tattoo herumlaufen würde.

Nun wird es für ihn gemütlich. Er atmet auf, ist froh, dass er seinen Entschluss gefasst hat. Es ist Zeit für ein zweites Bier. Mit diesem setzt er sich wieder vor seinen Laptop und schaut sich die Lagepläne des Campingplatzes Kovacine auf der Insel Cres und die relativ wenigen Fotos an. Die Anlage macht einen sehr guten Eindruck auf Dirk, der bisher keinen Campingplatz gesehen hat. Als er dann noch Google Earth zu Hilfe nimmt und staunend die dort hinterlegten Fotos betrachtet, überfallen ihn Urlaubsgefühle.

Zurück auf der Website des Campingplatzes, notiert er sich für alle Fälle die Preise für eine Unterkunft. Die Flüge sind jetzt Ende Mai recht preiswert, auch für Dirk mit seinem Einkommen annehmbar. Das Geld ist für ihn zu etwas Unwichtigem geworden, das ihn gar nicht belasten kann – das gilt auch für nicht vorhandenes Geld. Es geht um Paul, der verschwunden ist, und er, Dirk, wird ihn wiederfinden. So sicher, wie Dirk in diesem Augenblick ist, wird ihn sein kleiner Ausflug, so nennt er seinen Plan, zur richtigen Zeit an den richtigen Ort führen.

Das Bier hat ihn in den Zustand gebracht, dass er nun gern in sein Bett steigt. Er richtet seine Schlafcouch dafür her und hat das Gefühl, dass diese die erste Nacht nach langer Zeit sein wird, in der er zu dem Schlaf zurückfindet, der ihn mit Beginn des Bangens um seinen Freund Paul verlassen hatte. Als er kurz noch seinen Taschenkalender zur Hand nimmt, stellt er mit Erstaunen fest, dass es sich nur um wenige Tage handelt, die seitdem vergangen sind. Für ihn hat sich die Zeit allerdings gedehnt. Eine kleine Ewigkeit liegt zwischen dem Beginn seiner Trauer und der Unruhe und Unsicherheit, die ihn erfasst hatte, und diesem Abend mit der Entscheidung, aktiv einzugreifen, um die ersehnte alte Ordnung wieder herzustellen. In dieser Nacht hört und sieht Dirk im Traum keine Amsel, er sieht ein blaues Meer, in das er hineintaucht, es duftet auf den Wegen in der Sonne nach den Pinien, nach Frühjahrsblüten, nach Salzwasser und er begegnet einem fremden Mann, der Paul sein könnte, es aber wohl nicht ist, da der scherzend und lachend, aber stumm, mit einem anderen Manne spazieren geht in einem merkwürdigen Outfit. Alles spricht für Paul, doch Dirk hört seine Stimme nicht, so sehr er sich auch anstrengt.

Der Schlaf entlässt ihn noch nicht, und das ist gut nach all den Anstrengungen und Gesprächen, die er, vom ersten Auftritt der Polizei an bis zu den enttäuschenden Treffen mit Anna, in den vergangenen Tagen hat führen müssen.

Auch die Recherche in den Tattoo-Läden war negativ gewesen, bis auf die eine Meinung, dass es eine Zeit gegeben hatte, einige Jahre zurückliegend, in der die Amseln seltsamerweise im Mainstream gelegen hatten. Warum, das konnte nicht erklärt werden. Den Leuten dort ging es nur um das Geschäft, natürlich.

Jetzt, da Dirk weiß, was er zu tun hat, kann ihm auch das nichts mehr anhaben. Den neuen Tag wird er erwartungsvoll begrüßen. Und er spürt schon jetzt die Kraft, die ihm sein Plan verleihen wird.

XIII Annas Besuch, Annas Besinnung

Als Anna wieder aufwacht, fühlt sie sich besser. Aber als sie dann das Buch auf Pauls Bettseite liegen sieht, wird sie gegen ihren Willen magisch angezogen. Mit spitzen Fingern zieht sie das Buch an sich und liest weiter im Kapitel ‚Partner behalten'.

Alles, was ihr vor die Augen kommt, kennt sie, weiß sie, und es ist eben nicht nur bloße Theorie, was ihr zufliegt. Der Text liest sich wie eine Beschreibung ihrer Beziehung zu Paul mit seinem besonderen Wesen, mit seinem besonderen Verhalten ihr gegenüber. und auch anderen.

Anna weiß erst seit ein paar Tagen, woran sie beide gescheitert sind. Es gab zwischen ihnen kaum je einen offenen Austausch. Aus diesem Grunde blieben auch die sonst zwischen Partnern statt findenden Verletzungen aus und vieles Unangenehme mehr, und es sah von außen und oft auch von innen alles perfekt aus.

Anna erkennt mit Klarheit, dass sie die Eigenarten Pauls fast immer akzeptiert hat, um nicht kleinmütig herumzunörgeln. Damit hat sie verhindert, dass Paul seine Eigenarten als solche wahrnehmen konnte, um dann vielleicht mit ihr gemeinsam eine Änderung in einigen Dingen herbeizuführen. Und, was wahrscheinlich viel folgenreicher war, das waren ihre gut gemeinten Ratschläge, bei denen Anna häufig in Gefahr war, die Grenze zu einem therapeutischen Verhalten zu überschreiten. Natürlich war sie klug und einsichtig genug, sich nicht als Therapeutin zu verstehen.

Doch jetzt, als sie allein ist, fühlt sie sich auf eine Weise geprägt, dass sie zugibt, von der Rolle der einst Geliebten in die therapeutische Rolle geschlüpft zu sein, ohne das konkret wahrgenommen zu haben.

Ihr ist auch klar, dass sie auf Vieles verzichtet hat. Allerdings gibt sie zu, dass sie nicht versucht hat, Paul mit einzubeziehen und sachlich ihre innersten Bedürfnisse offenzulegen. Was hat er davon gewusst, wie sehr sie sich gewünscht hat, dass er ihr seine Gefühle für sie wenigstens manchmal zeigen würde.

Als Anna sich mit all dem Versäumten konfrontiert sieht, was sich über die Jahre mächtig und hartnäckig hat aufbauen können, legt sie das Buch beiseite und fängt hemmungslos an zu weinen. Sie lässt sich rückwärts aufs Bett fallen, aber da es sich schlecht weinen lässt in dieser Position, legt sie sich auf die Seite. Mit einem Schlag wird ihr bewusst, dass sie das erste Mal seit der Nachricht von Pauls Tod weint. Das ist ihr kein Trost, doch macht es sie hellwach. Sie holt sich ein Taschentuch, trocknet ihre Tränen und nimmt das Buch wieder auf.

„Schade, dass Paul nicht dabei sein kann", sagt sie leise, dann beginnt sie wieder zu weinen. Was hat sie alles erwartet, obwohl sie kaum mit Paul darüber gesprochen hat. Auch das Kinderkriegen kehrt in ihr Gedächtnis zurück, auch das hat sie beiseitegeschoben, als Paul es einfach nur ablehnte.

Doch all das geschah zu einer Zeit, als ihr noch nicht bekannt war, dass ihr Mann als Asperger-Autist durchs Leben zu gehen hatte und was das für sie, Anna, bedeuten könnte. Sie hat sich benommen wie jemand, der das Schwimmen erst noch erlernen muss, aber ins Wasser springt ohne zu wissen, ob er notfalls gerettet werden wird.

Wer wird Annas Retter sein? Der muss erst noch gezeugt werden, vermutet sie. Doch ist sie froh, als sie endlich zu weinen aufhören kann, da es für sie nach Selbstmitleid aussieht. Und so ein Bild von sich möchte sie weder haben noch jemandem zeigen. Von irgendwo her fällt plötzlich der Satz auf sie nieder mit einer Wucht, dass sie erschrickt: „Ich werde nie wieder mit ihm lachen können und ich werde ihn nie, nie wiedersehen. Weiß ich denn, was das für mich bedeutet? Nein, ich weiß es nicht."

Sie beginnt wieder zu weinen, dieses Mal lauter und mit einem großen Vorwurf dahinter, gegen wen, ist nicht bekannt, er lautet: ‚Warum musste das unbedingt uns passieren, wir hatten uns doch so lieb'!

Es ist schon Nachmittag, als Anna endlich zur Ruhe kommt, in der Wohnung nachsieht, was zu tun ist und Umräumungsaktionen ihr dringend geboten scheinen. Diese sind vage, aber sie holen sie ins Jetzt zurück.

Das gelingt auch einem Blick in den Spiegel, denn Anna findet sich fürchterlich aussehend. Sie geht ins Badezimmer, wäscht sich das Gesicht, cremt sich ein, tropft etwas in ihre geröteten Augen, wartet ein wenig und gibt ihrem Gesicht mit einer leicht getönten Tagescreme ein frischeres Aussehen. ‚So sind Äußerlichkeiten auch für mich selbst an diesem seltsamen Tag wichtig', denkt Anna, als es plötzlich an der Haustür klingelt. Sie schleicht sich an ein Fenster zur Straßenseite, gebückt und vorsichtig späht sie, wer das denn sein könnte. Es klingelt noch einmal, jetzt etwas heftiger. Sie wartet ab. Dann sieht sie nach langen Minuten ihre Eltern davongehen. Annas Herz klopft schneller als zuvor. Sie könnte natürlich die kleine Treppe hinunterlaufen und ihre Eltern zurückrufen, aber das tut sie nicht. Sie fällt wieder in ihre Verzweiflung zurück und mag sich gar nicht vorstellen, wie sie sich zu all den auf sie zukommenden Fragen äußern wird.

Doch dann schiebt sie das Thema rigoros zur Seite, denn sie will jetzt nach vorn sehen, nicht immer nur weinen und sich und Paul bedauern, das liegt ihr nicht. Und dann, eines Tages, wird sie die richtigen Formulierungen finden, um andere an ihrem Unglück teilhaben zu lassen. ‚Eines Tages‘, denkt Anna, ‚viel Zeit habe ich nicht mehr, aber es ist gut, dass Montag mein Dienst wieder beginnt‘.

Was sie gar nicht gern isst, aber jetzt essen wird, weil sie das Haus nicht verlassen möchte, ist ein Müsli. Im Kühlschrank steht noch Joghurt, Saft, auch sind Pflaumen da, Honig und die trockenen Haferflocken, ein paar Rosinen nimmt sie aus einem Fach im Wandschrank ihrer Kücheneinrichtung, holt eine Schale, mischt sich von den Zutaten einen nahrhaften Brei, findet das nicht gerade einladend, aber gegen den aufgetretenen Hunger wird das wohl wirksam sein.

‚Wenn das Paul sähe.' Schon wieder Paul. Sie will, dass das aufhört, sie muss nach vorn sehen, da ist kein Paul. Paul, der ist tot und bleibt auch tot. So ist das jedenfalls im normalen Leben. Und in genau das will Anna wieder einsteigen.

Kein Vor- und Mitdenken mehr für jemanden, der es sich darin bequem macht und ihr alles überlässt, damit das Dasein nach ein paar Ordnungskriterien problemlos ablaufen kann. In ihrem künftigen Leben will sie nicht mehr erraten müssen, was andere denken, sie wird sie zwingen, von sich aus Farbe zu bekennen. Sie wird sich ihre Freiräume erkämpfen. Als sie dies denkt, fällt ihr ein, dass sich das auch in ihren Arbeitsbereich eingeschlichen hatte, denn der Mensch teilt sich ja nicht in zwei Charaktere, einen für den Außen- und einen für den Innen-Bereich, oder? So ganz sicher ist Anna sich nicht, aber sie will nicht schon wieder zu grübeln anfangen.

Langsam isst sie ihr Müsli auf und gibt zu, dass es gar nicht so schlecht schmeckt, was Paul sich da immer bereitet hat. Paul. Nein, nicht schon wieder! Er ist tot, mausetot! Toooot!!!

Das reicht. Eines Tages wird sie sich richtig frei fühlen, hofft Anna. Gerade, als sie sich an ihren Schreibtisch gesetzt hat, klingelt es wieder, diesmal nicht an der Haus-, sondern an der Wohnungstür. ‚Ganz schön dreist', denkt Anna. Sie sieht durch den Spion das Gesicht einer ihr fremden Frau. Was tun? Etwas unwillig und barsch öffnet sie die Tür zum Flur.

Eine gut gekleidete Frau, ungefähr in Annas Alter, stellt sich mit Namen vor. Anna sieht die Frau an, als käme sie von einem andern Stern.

„Sie heißen ja wie ich", Anna versucht, einigermaßen höflich zu sein.

„Ja", lächelt die Frau etwas schüchtern.

„Was möchten Sie von mir?" Das ist alles, was Anna einfällt.

"Darf ich hereinkommen?" Das findet Anna ziemlich dreist. „Sagen Sie mir, was Sie möchten, dann weiß ich, ob wir in die Wohnung gehen oder nicht, haben Sie einen Ausweis bei sich?" Die Frau öffnet ihre Umhängetasche, zieht den Ausweis aus ihrer Brieftasche und reicht ihn Anna.

Anna lässt sich ihre Überraschung nicht anmerken, geht voran in die Wohnung, ins Wohnzimmer. Konsterniert und abwartend steht Anna da, gefolgt von der Frau.

„Darf ich mich setzen?"

Anna deutet auf Sofas und Sessel. Die Frau setzt sich. Anna betrachtet sie.

„Wo wohnen Sie, ich habe nicht genau hingesehen?"

„Wir wohnen in Oldenzaal, Niederlande! Das kennen Sie sicher nicht."

„Nein, aber jetzt höre ich den Akzent in Ihrem Deutsch. Dann sind Sie keine Deutsche."

„Wussten Sie nicht, von wo der Name Hülsebus stammt"?

Anna staunt. „Nein, ehrlich gesagt. Aber was ist der Grund, dass Sie nach Leer gekommen sind? Gibt es hier noch mehr Leute mit dem Namen?"

„Ich glaube nicht", ist die knappe Antwort. „Im Telefonbuch jedenfalls stehen keine."

Anna wird wieder ungeduldig. „Was wollen Sie eigentlich? Sich meine Wohnung ansehen?"

„Haben Sie einen Bruder?"

„Hören Sie mal bitte!" Anna wird wütend, kann sich kaum noch beherrschen. „Es reicht, mein Bruder geht Sie nichts an, der ist schon lange tot. Sonst noch was? Wenn das alles ist, dann gehen Sie bitte, ich habe keine Zeit zu verschenken!" Sie deutet mit einer schnellen Handbewegung auf die Tür. Die Frau erhebt sich, schüttelt enttäuscht den Kopf, scheint den Tränen nahe, was Anna nun wieder Leid tut.

„Es geht mir nicht gut und ich bin nicht in der Lage, mich jetzt mit fremder Menschen Angelegenheiten zu befassen. Bitte gehen Sie. Ich kann Ihnen nicht helfen." Sie reicht der Frau die Hand und begleitet sie zur Wohnungstür.

Nachdem sie wieder allein in der Wohnung ist, weiß Anna nicht mehr, was sie eigentlich vorhatte an diesem Tag. ‚Alles wird immer komplizierter', denkt sie und fragt sich kurz, ob sie etwas falsch gemacht haben könnte, verwirft diesen Gedanken jedoch umgehend.

In langen Sätzen formuliert sie, wie sie ihren Eltern sagen wird, was geschehen ist. Sie malt sich die Reaktionen aus, doch das ist alles so leer, so konstruiert, gar nicht wie das wirkliche Leben, so unbarmherzig hart und ungerecht. Lässt sich das überhaupt vermitteln?

Egal, sie muss das auf den Tisch legen, was sie weiß. Die Eltern sollen nicht alles wissen, das geht sie nichts an. Nur das Vordergründige wird sie erzählen. Die meisten Menschen geben sich damit zufrieden, das weiß Anna. Sie ist schließlich kein Teenie mehr. Auch wenn sie für die Eltern immer das kleine Mädchen bleiben wird, das sie mal gewesen ist. Dafür ist zu viel geschehen. Sie hat plötzlich Lust auf ein paar schöne Lieder, geht zu ihren CDs und sucht einige heraus. Als erste nimmt sie eine CD von Kieran Halpin aus dem Regal, erinnert sich an das Solokonzert im Kulturspeicher in Leer. Dieser Mann mit seiner Gitarre hatte sie sehr beeindruckt, seine Musik und seine Texte schienen bestens aufeinander abgestimmt. Sie hatte ihn zweimal live erleben dürfen. Paul war auch sehr angetan gewesen. Und jetzt hört sie allein und sogar ganz allein ‚The devil and his dealing'. Er kann gut singend erzählen, der Kieran Halpin, fühlt Anna.

An ihren Schreibtisch setzt sie sich nicht mehr, das würde garantiert zu keinem Erfolg führen. Jetzt jemandem zu schreiben oder mit dem Telefon zu liebäugeln, wäre ein untauglicher Versuch, von ihrer Einsamkeit abzulenken. Sie hätte weder die richtigen Worte noch die richtige Stimme dazu.

Deshalb greift sie zu einem Buch, das neben der Musik lesbar ist, Berieselung von innen und von außen gleichzeitig, ob das wohl auszuhalten ist, fragt sich Anna.

‚Auf Kölsch und Englisch immer, das kann nicht schiefgehen‘, behauptet sie und hält das Köln-Skizzenbuch von Peter Hoffmann in der Hand. Es gelingt ihr tatsächlich, abzuschalten. Das geht sogar so weit, dass sie die Musik gar nicht mehr hört, auch nicht die guten Texte.

Dieser Karikaturist ist ein wahrer Könner. Sein Humor trifft auf den Annas. Er hat einen Band herausgebracht, in dem er alle Stadtteile (Veedel) Kölns mit scharfer, aber liebevoller Feder zeichnet, Gebäude, Gesichter, Typen, wie sie jeder Kölner sofort als Einheimische erkennt, Plätze, Kneipen, Gärten, die Flora, der Zoo, der Dom natürlich, aus vielen Perspektiven, alles ist mit kurzen Texten versehen. Der Dom wird nicht nur von allen Seiten, sondern auch von oben abgebildet, der Blick auf die Stadt ist schön und ernüchternd zugleich.

Halpin hat zu Ende gesungen. Anna legt das Buch zur Seite. Sie wird es noch häufiger zur Hand nehmen, nimmt sie sich vor. Anna ist sehr entspannt. Sie steht auf, steht in ihrer Küche am Fenster.

Nach kurzer Zeit platzt unverhältnismäßig laut das Telefonklingeln in ihre meditative Ruhe. Anna zuckt zusammen, steht sofort auf, stellt die Musik leise. Die Telefonnummer auf dem Display ist die ihrer Eltern.

In Annas Gedanken purzeln Hunderte Wortfetzen durcheinander, nichts ist geordnet. Was soll sie tun, ignorieren, abnehmen, die Eltern einladen auf einen Tee oder Kaffee, ein Schwätzchen halten, von der ersten Woche auf dem Campingplatz berichten, und dann die unausweichliche Frage nach Paul beantworten, aber wie?

Annas Herz klopft stärker als gewöhnlich, ihr wird schwindlig, sie muss sich setzen, atmet schneller, sie geht ins Arbeitszimmer, dort zum Fenster, reißt es auf, steckt den Kopf in die frische Luft des Freizeithafens, einer Meeresbrise gleich weht ihr diese entgegen. Sie bleibt eine Weile dort stehen und vergisst fast den Anlass, der sie hierhergeführt hat. ‚Ich muss anfangen klar zu denken', nimmt sich Anna vor, ‚es reicht, dass ich verwirrt bin, den anderen muss ich eine plausible Version bieten, sonst geht alles schief und ich stecke im Sumpf ohne Chance, jemals wieder herauszukommen'.

Bedächtig schließt sie das Fenster und geht in die Küche zurück. Sie braucht einen starken Tee von ostfriesischer Mischung Assam/Ceylon. Anderswo als zuhause schmeckt der nur halb so gut, was an der jeweiligen Wasserqualität liegt. Die für die Zubereitung erforderliche Geduld aufzubringen, fällt Anna an diesem Abend schwer. Während der Tee zieht, sieht sie vom Fenster aus in den sich verdunkelnden Himmel.

Die Dämmerung ist angebrochen über all der Traurigkeit und Verzweiflung, der Rückschau und über den Blick auf eine Zukunft, die anders aussehen wird als alles, was Anna sich für ihr Leben gewünscht hat. Die Schuldfrage stellt sich für sie nicht mehr seit diesem Tag. Vor ihr liegen, wenn sie sie so nennen möchte, Geständnisse, wobei sie nicht die Rolle der Angeklagten übernehmen wird. Das steht fest, obwohl Anna an diesem Tag nicht mehr die Kraft aufbringt, mit ihren Eltern eine Verabredung zu treffen. ‚Ich lasse erst die Nacht vergehen', sagt sie sich, ‚morgens bin ich ausgeruht'.

Sie nimmt die Teekanne, eine Tasse, Sahne und Kandis und geht ins Wohnzimmer, schaltet den CD-Player aus, wirft das Buch unters Bett, stellt den Fernseher an, fällt mitten in einen Krimi, und ist darüber froh, hier still im bequemen Sessel die Probleme anderer Menschen verfolgen zu dürfen.

An den aufkommenden langweiligen Stellen schweift Anna ab in die Realität, wo sie sich in Leer in ihrer schönen Wohnung am Freizeithafen sieht, wie sie Tee trinkend auf ein besseres Leben wartet. ‚So wird das bestimmt nichts‘, Anna hat ihren Humor noch nicht verloren. Und Bauer sucht Frau passt auch nicht dazu, denkt sie.

Warum eigentlich soll sie überhaupt Rechenschaft ablegen über das, was mit ihr und Paul geschehen ist, fragt sie sich. Selbst ihre Eltern haben darauf keinen Anspruch, empfindet sie. Was wissen die noch vom realen Leben in ihrem Alter?

Anna weiß, dass das ungerecht ist, sie ist ja gar nicht in der Lage, das Wie und Warum ihrer Eltern zu beurteilen. Trotzdem drängt es sie, Stillschweigen zu wahren über alles, was zwischen Paul und ihr vorgefallen oder versäumt ist.

Nur das Eine, und das ist das Wesentliche, dieses Eine lässt sich nicht aus der Welt schaffen, obwohl es schon aus der Welt verschwunden ist, jedenfalls aus Annas kleiner Welt, und das ist die elende, traurige und bedrückende Wahrheit, nämlich Pauls Tod. Bei diesen Gedanken glaubt Anna, ihr Herz höre auf zu schlagen, ihr Atem aber geht schneller als vorher, sie trinkt von dem Tee, hält sich an der Tasse fest, wärmt die Hände am dünnwandigen Porzellan wie eine Erfrierende.

Auf dem Bildschirm bestimmen Hände und Pistolen die Szene. Es knallt und zischt, in ein Gemäuer einschlagende Kugeln bringen ihre lächerlichen Töne hervor. Die sind nichts gegen das lautlose Elend, das in der darauf folgenden Nachrichtensendung dem Zuschauer vor Augen geführt wird. Was für eine Nähe zum Unglück Anderer. Diese Fotografen der Presse kennen keine Scham mehr, sie lassen nichts aus. Sie sammeln Bilder von Verwüstung, und Menschen, denen gerade Gliedmaßen abhandengekommen sind, die in ihrem eigenen Blut daliegen auf einer Straße, die keine mehr ist, sondern nur noch Steinhaufen neben- und aufeinander. Das müsste verboten werden, denkt Anna, aber es läuft ja alles unter dem tollen Begriff von Presse- und

Meinungsfreiheit ab, so pervers das auch klingen mag, es handelt sich dabei um die Wahrung grundsätzlicher, verbriefter Menschenrechte. Aber wo bleiben die Pietät, die Achtung, die Würde?

Wie immer, wenn Anna versucht, ihr eigenes Schicksal dem von Abermillionen von Menschen gegenüberzustellen, mit denen grausam umgegangen wird, die gefoltert werden, in Gefängnissen stecken, Menschen, die Hunger und Durst erleiden und häufig auch daran sterben, fühlt sie sich so klein und unbedeutend, dass sie aufstehen und einfach nur helfen möchte. Aber wie? Sie bekommt nicht einmal ihr eigenes kleines Leben in den Griff und will anderen helfen? Das ist zum Lachen.

Anna trinkt die letzte Tasse des Tees, bringt das Geschirr in die Küche. Beim Blick auf die Uhr sagt sie sich, es sei zu früh ins Bett zu gehen. Lesen mag sie nicht mehr, vielleicht noch ein kleines Konzert hören, das kann sie sich vorstellen. Unter den CDs, die nicht ins Regal eingeordnet worden sind, befindet sich Lang-Langs Aufritt in der Carnegie-Hall, das schon ein paar Jahre her ist. Inzwischen ist aus dem schlanken jungen Mann ein gesetzter Pianist geworden, einer, dem der Nachwuchs mit Namen Haiou

Zhang auf den Fersen sitzt. Doch Lang Lang, der Entertainer, Schauspieler, der er neben dem Pianisten ist, spielt immer noch brillant. Das wird sich Anna gern anhören, hingebungsvoll, und damit die wiederkehrenden dunklen Schatten von sich abhalten.

Nachwort

Eine Trilogie ist eine Trilogie und die besteht nun einmal aus drei Teilen, mein Roman sollte aus drei Bänden bestehen. So wäre es denn logisch gewesen.

Aber manchmal greifen äußere Umstände in das Schreiben eines Autors ein und/oder auch seine Protagonisten. Bei mir waren es beide. So unwahrscheinlich das klingen mag, so wahr ist es auch, dass Protagonisten dem Autor davonrennen, bestenfalls gehen sie voraus und können wieder eingeholt werden. Wenn nicht, läuft etwas aus dem Ruder.

So weit ist es glücklicherweise nicht gekommen, obwohl ich eine Zeitlang keine Lust mehr hatte, ihnen hinterherzulaufen. Doch da sie mir ans Herz gewachsen waren, gab ich nicht auf, habe auch widrige Lebensumstände, die mir zeitweise sogar die bezaubernde Insel Cres vergällten, überwunden und traue mich wieder auf die Insel. Doch eine Tatsache lässt sich nun nicht mehr leugnen: meine Trilogie wird aus vier Bänden bestehen. Punkt. Aus.

Im Frühjahr 2017 schreibe ich diese Sätze, und geniere mich nicht, und ich kann immer noch 3 und 1 addieren = Trilogie + 1 = 2. Kann jemand mir nicht folgen?

Bitte diesen Gruß nicht missverstehen, es ist pure Begeisterung

eines linkshändigen Menschen

über

den wunderbaren Ausblick auf die Insel

Cres!